Top of the Heap

新編賈氏妙探

之13 億萬富翁的歧途

賈德諾 Erle Stanley Gardner 著　周辛南 譯

目錄
Contents

Top of the Heap

目錄
Contents

出版序言

關於「妙探奇案系列」

當代美國偵探小說的大師，毫無疑問，應屬以「梅森探案」系列轟動了世界文壇的賈德諾（E. Stanley Gardner）最具代表性。但事實上，「梅森探案」並不是賈氏最引以為傲的作品，因為賈氏本人曾一再強調：「妙探奇案系列」才是他以神來之筆創作的偵探小說巔峰成果。「妙探奇案系列」中的男女主角賴唐諾與柯白莎，委實是妙不可言的人物，極具趣味感、現代感與人性色彩；而每一本故事又都高潮迭起，絲絲入扣，讓人讀來愛不忍釋，堪稱是別開生面的偵探傑作。

任何人只要讀了「妙探奇案」系列其中的一本，無不急於想要找其他各本，以求得窺全貌。這不僅因為作者在每一本中都有出神入化的情節推演，而且也因為書中主角賴唐諾與柯白莎是如此可愛的人物，使人無法不把他們當作知心的、親近的朋友。「梅森探案」共有八十五部，篇幅浩繁，忙碌的現代讀者未必有暇遍覽全集。而「妙探奇案系列」共為廿九部，再加一部偵探創作，恰可構成一個完整而又連貫的「小全集」。每一部故事獨立，佈局迴異；但人物性格卻鮮明生動，層層發展，是最適合現代讀者品味的一個偵探系列。雖然，由於賈氏作品的背景係二次大戰後的美國，與當今年代已略有時間差異；但透過這一系列，讀者仍將猶如置身美國社會，飽覽美國的風土人情。

本社這次推出的「妙探奇案系列」，是依照撰寫的順序，有計劃的將賈氏廿九本作品全部出版，並加入一部偵探創作，目的在展示本系列的完整性與發展性。全系列包括：

①來勢洶洶 ②險中取勝 ③黃金的秘密 ④拉斯維加，錢來了 ⑤一翻兩瞪眼 ⑥變！失蹤的女人 ⑦變色的色誘 ⑧黑夜中的貓群 ⑨約會的老地方 ⑩鑽石的殺機 ⑪給她點毒藥吃 ⑫都是勾搭惹的禍 ⑬億萬富翁的歧途 ⑭女人等不及了 ⑮曲線美與痴情郎 ⑯欺人太甚 ⑰見不得人的隱私 ⑱探險家的嬌妻 ⑲富貴險中求 ⑳女人豈是好惹的 ㉑寂寞的單身漢 ㉒躲在暗處的女人 ㉓財色之間 ㉔女秘書的秘密 ㉕老千計，狀元才 ㉖金屋藏嬌的煩惱 ㉗迷人的寡婦 ㉘巨款的誘惑 ㉙逼出來的真相 ㉚最後一張牌。

本系列作品的譯者周辛南為國內知名的醫師，業餘興趣是閱讀與蒐集各國文壇上高水準的偵探作品，對賈德諾的著作尤其鑽研深入，推崇備至。他的譯文生動活潑，俏皮切景，使人讀來猶如親歷其境，忍俊不禁，一掃既往偵探小說給人的冗長、沉悶之感。因此，名著名譯，交互輝映，給讀者帶來莫大的喜悅！

譯序

美國有史以來最好的偵探小說

周辛南

賈氏「妙探奇案系列」，（Bertha Cool—Donald Lanm Mystery）第一部《來勢洶洶》在美國出版的時候，作者用的筆名是「費爾」（A. A. Fair）。幾個月之後，引起了美國律師界、司法界極大的震動。因為作者大膽的在小說裡寫出了一個方法，顯示美國人在現行的美國法律下，可以在謀殺一個人之後，利用法律上的漏洞，使司法人員對他無計可施，只好讓他逍遙法外。

於是「妙探奇案系列」轟動了美國的出版界、讀書界和法律界，到處有人打聽這個「費爾」究竟是何方神聖？

作者終於曝光了，原來「費爾」就是名作家賈德諾的另一個筆名。史丹利．賈德諾（Erle Stanley Gardner）是美國當代最著名的作家之一。他本身是法學院畢業的律師，早期執業於舊金山，曾立志為在美國的少數民族作法律辯護，包括較早期的中國移民在內。律師生涯平淡無奇，倒是發表了幾篇以法律為背景的偵探短篇頗受歡迎。於是改寫長篇偵探推理小說，創造了一個五、六十年來全國家喻戶曉，全世界一半以上國家有譯本的主角——梅森律師。

由於「梅森探案」的成功，賈德諾索性放棄律師工作，專心寫作，終於成為美國有史以來第一個最出名的偵探推理作家，著作等身，已出版的一百多部小說，估計售出七億多冊，為他自己帶來巨大的財富，也給全世界喜好偵探、推理的讀者帶來無限樂趣。

賈德諾與英國最著名的偵探推理作家阿嘉沙．克莉絲蒂是同時代人物，都活到七十多歲，都是學有專長，一般常識非常豐富的專業偵探推理小說家。

賈德諾因為本身是律師，精通法律。當辯護律師的幾年又使他對法庭技巧嫻熟，所以除了早期的短篇小說外，他的長篇小說分為三個系列：

一、以律師派瑞．梅森為主角的「梅森探案」；

二、以地方檢察官Doug Selby為主角的「DA系列」；

三、以私家偵探柯白莎和賴唐諾為主角的「妙探奇案系列」；

以上三個系列中以地方檢察官為主角的共有九部。以私家偵探為主角的有二十九部，梅森探案有八十五部，其中三部為短篇。

梅森律師對美國人影響很大，有如當年英國的福爾摩斯。「梅森探案」的電視影集，台灣曾上過晚間電視節目，由「輪椅神探」同一主角演派瑞．梅森。

研究賈德諾著作過程中，任何人都會覺得應該先介紹他的「妙探奇案系列」。讀者只要看上其中一本，無不急於找第二本來看，書中的主角是如此的活躍於紙上，印在每個讀者的心裡。每一部都是作者精心的佈局，根本不用科學儀器、秘密武器，但緊張處令人透不過氣來，全靠主角賴唐諾出奇好頭腦的推理能力，層層分析。而且，這個系列不像某些懸疑小說，線索很多，疑犯很多，讀者早已知道最不可能的人才是壞人，以致看到最後一章時，反而沒有興趣去看他長篇的解釋了。

美國書評家說：「賈德諾所創造的妙探奇案系列，是美國有史以來最好的偵探小說。單就一件事就十分難得——柯白莎和賴唐諾真是絕配！」

他們絕不是俊男美女配：

柯白莎：女，六十餘歲，一百六十五磅，依賴唐諾形容她像一捆用來做籬笆，帶刺的鐵絲網。

賴唐諾：不像想像中私家偵探體型，柯白莎說他掉在水裡撈起來，連衣服帶水不到一百三十磅。洛杉磯總局兇殺組宓警官叫他小不點。柯白莎叫法不同，她常說：「這小雜種沒有別的，他可真有頭腦。」

他們絕不是紳士淑女配：

柯白莎一點沒有淑女樣，她不講究衣著，講究舒服。她不在乎別人怎麼說，我行我素，也不在乎體重，不能不吃。她說話的時候離開淑女更遠，奇怪的詞彙層出不窮，會令淑女嚇一跳。她經常的口頭禪是：「她奶奶的。」

賴唐諾是法學院畢業，不務正業做私家偵探。靠精通法律常識，老在法律邊緣薄冰上溜來溜去。溜得合夥人怕怕，警察恨恨。他的優點是從不說謊，對當事人永遠忠心。

他們也不是志同道合的配合，白莎一直對賴唐諾恨得牙癢癢的。

他們很多地方看法是完全相反的，例如對經濟金錢的看法，對女人——尤其美女的看法，對女秘書的看法——

但是他們還是絕配！

賈氏「妙探奇案系列」，為筆者在美多年收集，並窮三年時間全部譯出，全套共三十冊，希望能讓喜歡推理小說的讀者看個過癮。

第一章　委託人的故事

六呎高的男人進來時，我正在外辦公室檔案櫃旁邊查看一件勒索案的資料。

他穿了件格子呢上裝，裁剪很好，筆挺的長褲，兩種顏色的運動鞋，外表看起來像一支吸用飲料的彩色吸管。我聽到他在說，他要見資深合夥人。他說話的口氣像是自己開口要的一定是最好的貨色，然後再來討價還價。

接待小姐期望地看我一眼。我一點反應也沒有。我是「柯賴二氏私家偵探社」中資淺的一員，柯白莎才是「資深」合夥人。

「資深合夥人嗎？」小姐問他，眼角仍在看我。

「是的，我相信是姓柯的。」他一面說，一面指向我們入口門上漆著的描金字體。

她點點頭，拿起對講電話，按白莎辦公室的鈕。「請問你尊姓？」她問。

他從口袋作勢地抽出一只鱷魚皮名片夾來，拿出一張名片，炫耀地交給她。

她看著名片，迷惘地好像有一點看不懂。「卞先生？」她問。

「卞約翰．卡文，第——」

柯白莎在辦公室應了電話，接待小姐說：「一位卞約翰．卡文先生想見你。」

「第二，」那位先生插嘴，用手敲敲名片道：「你不認字呀？第二！」

「喔，是的，」她說：「第二。」

這一攪局，當然把白莎弄迷糊了。顯然她在電話裡要求解釋。

「第二。」小姐向電話重複道：「他的名片上就是如此印著的，他也如此自稱的。他的名字是卞約翰．卡文，然後下面有二條短短橫槓，第二。」

來訪的男人不耐地說：「把我名片送進去。」

接待小姐自動地把她大拇指摸過名片上印著凸出的字體。她說：「是的，柯太太。」她掛上電話，向卞先生說：「柯太太現在見你，請你自己進去好了。」

「柯太太？」他說。

「是的。」

「你們的柯氏？」

「是的，柯氏是柯白莎。」

他明顯地猶豫一下，把格子呢上裝拉拉直，走進去。

接待小姐等辦公室門關上，抬頭看我道：「他要個男人。」

「不是，」我說：「他要個資深合夥人。」

「萬一他回頭問起你，我怎樣應付？」

我說：「你瞭解白莎的。她會找出他有多少油水，假如夠肥的話，她會把我叫進去一起商量。假如不夠她看的，而卞約翰．卡文──第二又假裝他認為女人不能做個好偵探，那麼我們的卞約翰．卡文──第二，就會被揪了耳朵，抛出她的辦公室來。」

小姐佯作端莊。「賴先生，你對解剖部位弄得滿清楚的。」她說，一笑也不笑。

工作小姐都知道我和柯白莎在很多個性方面是永遠合不來的，但是都不敢參與進去。

我走進我自己的私人辦公室。

十分鐘後，電話鈴響。

卜愛茜，我的私人秘書，接聽電話，抬頭看我道：「柯太太請問你能不能去她辦公室，商談一件事。」

「當然。」我說。

走出辦公室，來到大的外辦公室，向接待小姐做個鬼臉，走進柯白莎的私人辦公室。

一眼看到白莎的臉，我就知道一切都很順利。白莎小而貪婪的眼睛在發光。她嘴唇在笑。「唐諾，」她說：「這位是卞約翰先生。」

「卞約翰．卡文——第二。」他固執地說。

「是的，是的，第二。」她跟著說：「這位是賴唐諾先生，我的合夥人。」

我們兩個人握手。

從經驗中我知道，只有現鈔，才能使白莎有這種逢迎的態度和低聲順從的語調。

「卞先生——」她說：「發生了困難。他認為需要個男人幫他一個忙，也許……」

「會更有效一點。」卞約翰．卡文——第二幫她把話講完。

「正是。」白莎顯然是因為現鈔的原因，欣然同意他的說法。

「什麼困難？」我問。

白莎扭動她一百六十五磅的體重，使她的坐椅吱咯吱咯地響著，伸手把辦公桌前角上一張剪報拿起。一聲不響地把剪報交給了我。

我讀剪報：

案外花邊，花邊案外
金髮美女失蹤
朋友疑是謀殺
警局無意理會

蓋蓋文被槍擊時和他同在一起的金髮美女夏茉莉已經神秘失蹤，「朋友們」希望警方能出面調查。

警方始終認為當初調查那位匪徒受槍擊案案情時，這位年輕女郎並不合作，所以咬定夏小姐要自己藏起來幾天，對他們沒有關係。警方說，她有沒有從她羅萊谷豪華的獨院房子門口取進每天的鮮奶，警方毫無興趣。事實上，警方賭氣地指出，夏小姐曾一再譴責警方「閒事管得太多」騷擾了她的私人生活，所以這次警方決心尊重她的私人生活，絕不探討她的私生活。

她的「朋友們」給警方的消息是這樣的：

三天前，始終是一家出名夜總會熱鬧靈魂人物的夏茉莉，因為和她朋友發生不愉快而出走。

事實上她不是單獨離開的。

在她離開之前，她曾和一個初次見面的新朋友在那夜總會裡跳了幾首舞。她沒有和她原先的朋友離開，而是和她新朋友離開的這件事實，使警方認為不會有大事發生。年輕女郎的朋友反認為這件事十分重要。警探們又覺得在蓋蓋文吃到兩顆槍彈後，這個不按常理出牌的美女，有這種特別行為，也沒啥特別奇怪。

當新鮮牛奶瓶開始在夏茉莉小姐門階上積聚起來的時候，那位目前警方不願公佈姓名的，和小姐發生不愉快分手的男伴認為事態不尋常，應該警方介入了。他進入警局——也許是一生中第一次。在此之前——一位警官說——都是警察主動去找他的。

蓋蓋文，正在復原中，已經完全脫離危險了。目前仍在一家醫院的頭等病房裡住院。雖然復原情況理想，他仍繼續聘請著三個特別護士。

蓋蓋文在這家醫院開刀從身上取出兩顆子彈，在麻醉消退的時候警方曾詳加詢問，蓋蓋文仔細聽完警方的問題後，曾非常合作地說：「我想是有人不喜歡我，請我吃兩個棗子核。」

警方知道他是避重就輕，故意遮掩的陳述——只會使調查工作更形困難。而且警方相信蓋蓋文和夏茉莉兩個人，任何一個只要肯和警方合作一點，本案是可以偵破的。

我把剪報放回白莎的桌上，自己看向卞約翰．卡文——第二。

「老實說，」他說：「我當時真的不知道她是什麼人。」

「你是那個新朋友？」我問。

他點點頭。

「茉莉是跟著你離開夜總會的？」

「那地方也稱不得是個夜總會。那只是個每天下午男人去那裡喝杯雞尾酒，吊吊馬子的地方，吃點點心，跳跳舞。」

我對白莎說：「我們可能幹不了這個案子。」

白莎貪婪的眼光怒視向我。她帶了鑽戒的手指偷偷向她放現鈔的抽屜一指。

「卞先生，連訂金都付過了。」她說。

「我還願意付五百元獎金。」卞先生說。

「我也正要提起。」白莎插嘴接下去說。

「獎金要做什麼？」我問。

「假使你能找到此事以後和我在一起的女孩子們。」

「什麼以後？」

「姓夏的女孩子離開我之後。」

「同一個晚上？」

「當然。」

「你好像滿吃得開的。」我說。

「是這樣的，」白莎解釋：「卞先生本來是約好一個年輕女的在那裡見面的。但是她失約了。他看到夏茉莉滿對胃口，當她也看向他時，他就請她跳舞。有一個和她在一起的叫他滾蛋。夏小姐告訴那一個人她並不屬於他，他說他知道，但是替他主人在看住她。」

「看樣子那傢伙會動粗，所以卞先生說他就走開了。」

「過了幾分鐘夏茉莉自己走到他的桌邊說：『你不是想請我跳舞嗎？』」

「所以他們跳舞，據我們顧客說，他們二人來電。他有些緊張，因為她的一幫人看樣子不好惹。他建議她甩掉他們，一起去晚餐。所以她告訴他另一個她喜好的地方。兩個人去那裡。到了那裡她就又開溜了。可能是到現在沒見面。」

「你於是又做什麼了？」我問卞先生。

「我等在那裡，自己覺得像個蠢瓜。然後我見到兩個女人落單在那裡。我看其中一個，她也回看我。等我知道茉莉一定是放我鴿子了，我就和她跳舞。我建議那女人拋開另外那個女人，我們可以到別的地方去。她說不行。她們倆是一起的，到東到西分不開的。我就移到她們桌子去，替她們買酒，和她們跳舞，請她們吃晚飯，帶她們去汽車旅館。」

「之後呢？」

「我在那裡耽了一夜。」

「什麼地方？」

「那個汽車旅館。」

「和她們兩個人？」

「她們在臥室，我在前面房間沙發上。」

「柳下惠？」

「我們都喝多了。」

「之後呢？」

「早上十點半，我們喝蕃茄汁。兩個女人煮了早餐。她們有點不舒服，我不舒服得厲害。我離開那裡，回我自己住的汽車旅館，淋了個浴，找一個理髮店刮了鬍髭、按摩——此後的時間才算我自己的時間。我都記得清了。」

「每一分鐘？」

「每一分鐘。」

「你們一起去的汽車旅館在哪裡？」

「西波維大。」

「唐諾，」白莎說：「兩個舊金山年輕女郎用汽車在旅行。卞先生認為她們兩個彼此很熟，可能是親戚，也可能是同一個辦公室工作的。顯然她們決定趁休假用汽車環遊一番。她們想看看好萊塢，看看會不會見到什麼明星。當卞先生請她們跳舞，她們願意，但非常小心，彼此絕不分開。卞先生請她們坐他的車，但她們決心開她們自己車。他……他只是不願太早和她們說再見。」

卞先生看看我，聳聳肩。「有一個女的我很中意，她也中意我。」他說：「我認為我可以拋掉那個電燈泡，但是沒辦到。我又多喝了一些酒。反正到了旅館，大家同意喝些酒——也許是她們灌我了，也許我本來就喝多了。反正第二天一早醒來時，我一個人在沙發上，頭昏得要死。」

「兩個女郎第二天早上如何？」

「甜蜜，友善。」

「還熱情嗎？」

「別傻了。到了早上誰也沒那種情緒了。大家都算見過這個城市的夜景了。」
「要我們幹什麼？」
「我要你們找到這兩個女孩子。」
「為什麼？」
「因為，」白莎說：「現在夏茉莉不見了。他覺得不妥了。」
「不必兜圈子。」卞先生說：「夏茉莉是『蓋仔』的馬子。她知道什麼人幹了他兩槍。她雖不說，但她知道。萬一有人認為她告訴了我。」
「有什麼理由她要告訴你嗎？」我問。
「再不然，」他匆匆地說下去：「她也許有了什麼意外。也許牛奶瓶不斷的增加下去？」
「夏茉莉有沒有把真姓名告訴你？」
「沒有，她只說我可以叫她『小莉』。是看到報上照片，我才知道我遇上什麼了。」
「我遇上的這些人，一定都是窮凶極惡的。想想看，我還在那裡想請她跳舞！」
「你常幹這一類事嗎？」我問。

「絕對沒有。我喝了點酒，我又被別人放了鴿子。」

「此事之後，你就碰上這兩個女人？」

「是的，只是這兩個太容易上手了。她們自己也在物色合宜對象——兩個女光棍趁休假冒點險。」

「兩個人給你什麼名字？」我說。

「沒有姓，一個叫雪曼，一個叫美麗。」

「你對哪一個有興趣？」

「雪曼，那小個子褐色頭髮的。」

「另一個什麼樣子？」

「紅頭髮的一個，依雪曼言來，佔有慾是很強的。她什麼都懂，而且不准我問問題。她築了一個籬笆牆，把雪曼放在裡面。我覺得她可能在我的酒裡下了別的東西。我不知道。反正酒瓶是她拿出來的，我一下就人事不知了。」

「她們要求你送她們回家的？」

「是的，不過事實上她們還沒有住處。她們只要求找個汽車旅館。」

「大家乘她們車去的？」

「是的。」

「到了那汽車旅館，是她們登記的嗎？」

「不是，她們要我登記。這是要我付帳最好的辦法。汽車旅館一向是先付錢的。」

「她們的車，是你在開嗎？」

「不是，雪曼開的車。我坐前座，但美麗在當中。」

「是你出的主意開去那裡嗎？」

「是的，她們想找個好的汽車旅館。我告訴她們我會找個好地方給她們的。」

「西波維大那個旅館，是你選的？」

「我們經過兩家上面都標示客滿了。這一家標示有空房。」

「你們一起進去的？」

「是的，我們開車進去。」

「什麼人進的辦公室？」

「我。」

「你辦的登記？」

「是的。」

「怎麼登記法？」

「我記不起用什麼名字登記的。」

「為什麼沒有用你真名？」

他不屑地看看我，說道：「你做什麼偵探？在這情況下，你會用你真名嗎？」

「對於車廠、年份和車號，你怎麼填？」

「毛病就出在這裡。」他猝然地說：「我該出去看看車子，但是我沒有，我隨便造了一個。」

「管理汽車旅館的人，他沒有出去查看一下？」

「當然不會。只要你像個樣子，充滿信心，他們不會多此一舉的。最多看一下什麼車，什麼年份。」

「這輛車是什麼車呢？」

「一輛福特車。」

「你登記的也是福特？」

「是的。你追根究柢幹什麼？不要這筆生意可以把訂金退還我，我可以走路。」

柯白莎的眼睛又發亮了：「別傻了，我的合夥人只是把事實弄清楚，我們才能幫你忙。」

「我覺得他在交互詰問我。」

「他根本沒有這個意思。」白莎說：「唐諾會把這些女孩子給你找到的。他是專家。」

「還有沒有什麼你可以告訴我們，對我們去找她們有利的嗎？」我問。

「沒有了。」

「汽車旅館名字、地址？」

「我告訴柯太太了。」

「你們房間是幾號？」

「我記不起幾號了。是在最遠角的右手側。好像是五號。」

我說：「好吧，我來看我們能做些什麼。」

卞約翰說：「記住，你能找到這兩位小姐，就有五百元獎金。」

「獎金的事對於正式作業的私家偵探並不太重視的。」我說。

「為什麼？」卞約翰問。

「使人看起來不像靠正常收入，而是靠額外收入來維持的。大家不怎麼鼓勵。」

「大家是誰？」

「發執照的人。」

「好吧，」他對白莎說：「你們替我找到這兩個女人，我捐五百元給你喜歡的慈善機構。」

「說你傻子你不信。」白莎說。

「為什麼？」

「我最喜歡的慈善機關是我自己。」白莎說。

「你的合夥人說臨時暴利是不歡迎的。」

「嘿。」白莎自鼻中出氣。

「不要緊，大家不必說出來。」卞約翰道：「除非你們自己多嘴。」

「我嘴緊得很。」白莎說。

我說：「我倒喜歡另外換種計價的方——」

「你還沒有找到那兩個女人呢。」卞先生中斷我的話說：「有件事你聽清楚了。我要那個晚上的時間證人。我唯一的方法是找到這兩個女人。我要她們的書面證明。我把願出的代價告訴你了。我把你應該知道的資料也告訴你了。我不太習慣別人對我抱不信任的態度。」

他向我怒視一下，僵直地站起來，走出去。

白莎生氣地看向我：「看你，差點把整桌酒弄翻了。」

「假如真有整桌酒的話。」

她敲敲現金所在的抽屜：「這裡面有三百元，不是整桌酒是什麼？」

我說：「那麼我們來找剩菜剩飯吧。」

「什麼意思？」

我說：「他的故事靠不住。」

「哪裡靠不住？」

我說：「兩個女郎從舊金山開車下來，她們想見識好萊塢，想看看會不會見到電影明星在街上走或店裡吃飯。」

「又如何？我年輕一點也會如此做。」

我說：「她們會一路自舊金山下來。第一件事一定是洗個澡，把行李打開，衣服換一下，化一下妝，然後出去看明星。要是有人說開那麼久車下來——」

「你怎麼知道她們是一天之內，直接開下來的？」

「好吧，就算她們分兩天開下來的。要是有人說她們從聖羅奧必普、貝格斐或任何其他地方開車進洛杉磯，把車一停，直奔夜總會，而沒有把自己換件衣服、補補妝，我死也不信。所以他的故事有問題。」

白莎兩眼拚命煽著。「也許她們都幹過了，只是不告訴卞約翰，因為她們不要他知道她們住哪裡。」

「照卞約翰所說，她們的行李可是在車裡的。」

白莎坐在她會叫的座椅裡，神經質地把手在桌子上敲啊敲，戴在手指上的金鋼鑽跟著手指閃爍著。「搞什麼？」她說：「快滾出去辦案。你以為我們合夥的是什麼？校園辯論社，還是私家偵探社？」

「我只是把明顯的地方指出來。」

「不必指給我看。」白莎喊道：「快去找這兩個女人。在我看來最明顯的是那五百元獎金！」

「兩個人的樣子，你記下來了嗎？」

她自桌上一堆紙面上撕下一頁，隨手向我一拋。「資料都在上面。」她說：「天知道，為什麼我會有你這種合夥人？有錢的狗王八蛋進來，你偏要反對他。你還反對五百元獎金。」

我說：「你大概沒有想到去問問他，『卞約翰．卡文——第一』又是哪一位？」

白莎大叫道：「他是誰干我屁事？只要卞約翰．卡文——第二有錢就行。三百元冷冷硬硬的現鈔才可愛。不是支票。現鈔，你知道嗎？」

我走向書架。把名人錄取下來，翻到四劃的部份。

白莎把冒火的眼睛煽呀煽，然後湊到我肩後來看。我可以感覺到她生氣吐出來的熱氣吹到我頸腹。

根本沒有什麼卞約翰．卡文。

我又去拿加州名人錄。白莎動手比我快，一下把它從書架上抽下，她說：「這件事我來查，你快出去辦案。」

「好吧，」我告訴她，一面走向門去：「別把書翻穿了。」

我以為她會摔向我。

她沒有。

第二章　一張標籤

卜愛茜，我的私人秘書——從打字機上抬頭看我。

「接了件新案子嗎？」

我點點頭。

「白莎如何？」

「老毛病。褻瀆神聖。」我說：「你肯不肯幹一次野女人？」

「野性女人？」

「野女人。」

「喔，沒有『性』字。要我幹什麼？」

我說：「你跟我在一起，我們到汽車旅館登記為夫婦。」

「之後呢？」她謹慎地問。

「之後，」我說：「我們玩偵探遊戲查案。」

「我要帶行李嗎？」

「我會在我公寓停一下，取個箱子。差不多就夠了。」

愛茜走向衣帽間，把大衣拿出來，帽子拿手上，把打字機罩子罩上。

我們離開辦公室的時候，我說：「這一個你最好先看一下。」我把白莎給我有關那兩個女郎形容的手寫資料交給她。

愛茜把這張紙在電梯上一路看到樓下。她說：「明顯的，形容的男人喜歡雪曼，痛恨美麗。」

「你怎麼知道？」

「老天，你聽著。」她說：「雪曼：誘人的褐色髮膚，深色、有光澤的眼睛；同情、聰明、美麗、五呎二吋、一百十二磅、好身材、二十三或二十四歲，舞跳得很好。美麗：紅髮、藍眼、傲慢、反應快、二十五或二十六、普通高、普通身材。」

我笑笑：「我們的任務是去看這兩個女人在汽車旅館裡還留下什麼線索。多半她們走後這房間已經又租過三次給別人了。」

「也許租房子給她們的人，能給我們點資料。」

「這就是為什麼我把你帶去的原因了。」我說：「我要知道這是不是個管理上小心的旅館。」

「謝謝你想到我。」

「不客氣。」我告訴她。

我在停車場把公司車取到。我們先停在我公寓門口。我上樓，把一些東西塞進行李箱，愛茜在樓下坐在車裡等我。想了一想，我又帶了件大衣。又帶了一只裝在皮套裡的照相機。

愛茜好奇地看看我搬下樓的東西。「我們旅行帶的東西不多嘛。」

「嗯哼。」

我們來到西波維大，我慢慢開車，看路旁的汽車旅館。這個時光，每家都有空房。

「就是這一家。」我對愛茜說：「前面右手那家。」

我們把車轉入。

大多出租的房子門都大開著。一個黑人女傭在把被單和毛巾清理出來。另一個較漂亮的戴頂帽子，穿著圍裙也在裡面工作著。花了我五分鐘才找到經理。

她是個大個子，有點像白莎的樣子，不過白莎硬朗得有如一捆帶刺的鐵絲網，而她是軟的——全身軟的，除了眼睛。她和白莎有一樣的眼睛。

「找地方住店。」我告訴她。

她經我身後看過去，看到卜愛茜裝成聖潔樣的坐在車裡。

「住多久？」

「一整天，一整夜。」

她出乎意料地看看我。

「我和我太太開了一夜車了。」我解釋：「我們要休息一下，之後想在城裡看看。明天一早離開。」

「我有一間很好的，五元錢。」

「那角上，五號的怎麼樣？」

「那是雙臥房，你不會要的。」

「多少錢？」

「十一元。」

「我要了。」

「不行。」

我抬起眉毛。

她說：「我看你什麼也不會要。」

「為什麼？」

她說：「我這裡是個乾淨的好地方。假如你和這個女的熟到她肯以夫婦名義住進一個房間，我沒啥好說。假如你騙她你們住的是兩個臥室，各住各的，我懂你是什麼名堂。」

我說：「放心，不會有什麼吵鬧的。也絕不會動粗的。給你二十元，你給我五號房，怎麼樣？」

她又看看卜愛茜。「她是什麼人？」她問。

我說：「是我秘書。我不會去調戲她。假如要也絕不動粗。我們是公事出來——」

「好吧，」她說：「二十元。」

我給她二十元，拿了鑰匙，把車開進五號房的車庫。我們用鑰匙開門走進去。這是一個非常好的雙套房。有一個起居室、兩個臥房，各有浴廁。

「你準備從她那裡弄點消息出來？」愛茜問。

「我看不容易。」我說：「她要知道什麼，她不會說。她不是饒舌那一類的。她也不希望旅館裡有什麼新聞。」

「這地方不錯。」愛茜走一圈看看這個地方：「乾淨，傢俱也實用。」

「嗯哼。」我說：「現在我們要忙起來，看看三天之前，在這裡住過一夜的兩個女的，有沒有留下什麼線索使我們可以找到她們。」

「我好像聽到你說二十元。」她問。

「沒有錯呀。她不願以一般價格租給我們。」

「列到帳單上去，白莎不叫死才怪。」

我點點頭，四處看看。

「這個辦法有點海底撈針。」她說。

「本來就是海底撈針的案子。」我告訴她：「我們來看看。說不定真找出隻金蛋來。」

我們兩個在房裡上天入地，移山倒海。除了兩個嬰兒尿片用的安全針，什麼也沒找到。我把五斗櫃的一個抽屜整個拉出來，在後面空間裡發現一張紙，一定是不小心滑到後面去的。

「什麼玩意兒？」愛茜說。

我說：「像是裝藥塑膠圓瓶上橡皮筋框著的標籤。是舊金山一家藥房配給杜雪曼的。上面說：『不能入睡時服一粒，四小時內不可再用。』而且沒有醫師處方是不准照方重配的。」

「有舊金山藥房名字嗎？」

「還有處方號和醫生名字。」我指給她看。

「舊金山來的雪曼，是我們要找的同一個女人？」

「是的。」

「運氣太好了。」卜愛茜說。

「豈止太好，真是太、太好了。」我深思研究著。

她看向我。

「你什麼意思？」她問。

「我的意思是運氣太、太好了。」

「又怎麼樣？兩個女的住在這裡過。她給卞約翰弄上一點安眠藥。在弄安眠藥的時候，標籤從塑膠瓶上掉下來了，也沒什麼了不起呀。」

我說：「雪曼是他喜歡的那個。是另一個女人給他『拜拜』的。」

「他以為如此。我看卞約翰．卡文——第二也許沒有像他說那樣完全昏過去。再說另外一個女郎也可能不告訴雪曼向她借了一顆藥。」

我站在那裡，研究這張標籤。

「我們現在怎麼辦？」愛茜問。

「現在我們回辦公室。然後我乘飛機去舊金山。」

「好短的蜜月，」她告訴我：「你要不要告訴女經理，她又可以把房子出租了？」

「不必，我們讓她去想。」我說：「來，我們走吧。」

我們開車出去的時候，我看到女經理臉上不解的表情。

回到辦公室，我用電話打舊金山我們的商務關係人，要他們找到這家藥房。

一小時二十分鐘後，我就得到回電。

杜雪曼，住在舊金山郵局街的金輪公寓六〇八號。所配的藥物是短時作用的一種巴比妥膠囊。杜雪曼的工作是郵局街一家理髮店的修指甲師。

卜愛茜替我電話定了機票，我到白莎那裡要告訴她我準備去舊金山。

「有進展嗎？親愛的唐諾。」白莎情緒極好，喁喁地說。

「該有的都有了。」

「這什麼意思？我們拿得到五百元獎金嗎？」

「也許吧。」

「千萬別花太多的開支費喔。」

「開支費不是都由卞先生付的嗎？」

「當然，話是這麼說。」白莎說：「但是，時間一拖久——」

「時間不會拖久的。」

「唐諾，可也不能太快找到她們。」

「這是他提供獎金的本意呀！他怕我們拖他每天的出差費。」

「誰說過要拖他？」

「你沒有說？」

她對我好像牛對紅布一樣怒視著。

「你有沒有查到卞約翰‧卡文——第一是什麼人？」

「唐諾，這是你的一個好主意。」她說：「我一定要告訴你他是什麼人。這件事使我們瞭解背景。」

「到底他是誰？」

「是舊金山銀行界怪傑、半打以上公司的董事長，五十二歲，是個極有錢，有勢的鰥夫，遊艇俱樂部的主席。這些資料對你有用嗎？」

「大大有用。」我告訴她：「至少表示他不是騷包裝闊。」

「獎金？」白莎洋洋得意地問。

「那套格子呢上裝。」我告訴她。

白莎的臉漲成豬肝色，過一下她大笑道：「唐諾，你不講點出人意外的話，總是死不甘休，是嗎？但是你給我記住，我們公司是個輪子，要靠鈔票才能轉了又轉。」

「輪子轉了又轉的時候，」我警告她說：「千萬別叫它把你手指夾進去了。」

「他奶奶的，」她暴怒地說：「你以為祖奶奶是白痴。是昨天出生的大外行？你只要自己注意不出毛病，唐諾，我會照顧我自己的。白莎決定要做什麼的時候，她就一定要做。倒是你自己要小心了。你幾乎在一隻轉得好好的輪子裡，抛了一支活動鐵板鉗進去。」

白莎本來自滿的臉色，縮攏成譴責我的皺眉瞪眼。

「你的輪子轉得太快了。」我說：「我想看它在生產什麼？」

「去你的，」白莎說：「別人送你一隻馬，你這渾蛋還非要看牠牙齒。我來告訴你這些小輪子在生產什麼，唐諾。是生產鈔票！」

白莎又貪婪地翻開「加州名人錄」那特別的一頁。

我偷偷溜出她辦公室。讓她有機會想一想。

第三章　安眠藥的惡作劇

近黃昏的時候，我在舊金山機場下飛機。在郵局街那理髮店快要關門之前走了進去。

用不到兩秒鐘，我就知道哪一位是杜雪曼。裡面只有三個修指甲的，雪曼是最漂亮的一個。有我手邊形容她的資料一眼就認得出來。

我走進去的時候，她正忙著。我還是走過去問她能不能在下班之前再做一個客人。她向掛鐘望望說可以，開始匆匆忙忙給那擺足架勢的大塊頭修。大塊頭憤恨地怒視著我。

我走到擦鞋檯。請擦鞋子的替我擦鞋，一面等著。

理髮店老闆走過來。問我：「你在等修指甲？」

「是的。」

「另外一位可以給你修。」

「我要雪曼。」

「另外一位一樣好——事實上比雪曼還好一點點。」

「謝謝你，我還是等一下。」

他走回自己椅子。

「老闆好像對雪曼不太友善。」我告訴擦鞋的黑人。

他微微一笑，自肩後小心地望一下，說道：「她是有點失寵。」

「怎麼回事？」

「他們付錢不是請我來蜚短論長的。」

「你說閒話他們不付你錢，但是我會呀。」

他想了想，把頭湊低到我鞋上，小心地說道：「老闆在吃醋。他追她很緊。星期二她打電話進來說頭痛不能工作；然後一直不見面，直到今天早上才回來。他認為她是和男朋友出去了。別以為她能在這裡耽久。」

我塞兩元錢下去給他。「謝了。」我說：「好奇而已。」

雪曼在工作的男客人站起來，戴上帽子。雪曼向我點點頭。擦鞋的替我把鞋帶整理一下，我走向雪曼的工作桌。

老闆把頭一直轉開，不看我們。

我把一隻手放進肥皂水碗裡泡著，另一隻手放在雪曼柔軟、熟練的手中，讓她給我剪指甲，銼指甲。

「在這裡多久啦？」過了一會兒我問道。

「一年吧。」

「這種工作有休假嗎？」

「喔，有。我才短短休假回來。」

「太好了，去了哪裡？」

「洛杉磯。」

「一個人？」

「不關你事。」

「我只是聊聊。」

「有一個女朋友和我一起。我們一直夢想去看好萊塢。希望在夜總會碰到一個電影明星。」

「碰到了嗎？」

「沒有。」

「怎麼沒見到？」

「我們去的地方他們沒去。」

「明星很多，他們都要吃飯。總會碰上一兩個的。」

「我們吃飯的時間、地點，他們沒有來吃。」

「玩了幾天？」

「兩天，昨晚才回來。」

「火車去的？」

「不是，我女朋友有車子。」

我說：「今天是星期五，星期二晚上你在哪裡？」

「那是我們進好萊塢之夜。」

「你能不能告訴我星期二晚上發生了什麼事？」

「為什麼要告訴你？」她說，眼睛突然亮起來。

我什麼也不說。

她在我手上熟練地工作著。靜默變成了兩人的壓力。

「我已經過了二十一歲，我自己可以作主。」過了一下，她自動地說：「我不必向別人報告我做了什麼事。」

「或者報告你沒有做什麼事？」我問她。

她仔細地看向我：「你從哪裡來？」

「洛杉磯。」

「什麼時候到這裡的？」

「才到。」

「怎麼來的？」

「飛機。」

「什麼時候到的？」

「一小時之前。」

「你一定是從飛機下來，直接來這裡的。」

「是的。」

「為什麼你對我星期二晚上在洛杉磯發生什麼事感到有興趣呢？」

「只是聊聊天而已。」

「喔。」她說。

我沒再說什麼話。

她把手法慢下來，開始拖時間。兩三次她好奇地看著我，想說什麼，又停下來。過了一陣，她說：「你是公事來的？」

「可以這樣說。」

「我想這裡你認識很多人。」

我搖搖頭。

「到一個不認識人的城市來一定很寂寞。」

我又點點頭。

她突然把手中工具一放，說道：「老天，差一點忘了。有一個電話我一定要打。」

她匆匆走向一個電話，撥了個號碼，講了兩三分鐘。有兩次她一面講，一面回頭看我，好像是在電話中形容我一樣。

然後她回來，坐下來，說道：「對不起，希望你原諒我。」

「沒關係。我反正沒事要做，只要不耽誤你下班太久就好。」

這時店門已經關上，窗上的布幔已經拉下，理髮師已紛紛要回家了。

「喔，不要緊。」她說：「反正我也不急。那個電話——我的晚餐約會吹了。」

「太糟了。」我說。

她又慢慢地不聲不響工作，然後說：「可不是。我一心今晚有人請我吃晚飯，公寓裡什麼吃的都沒有了。」

「跟我一起出去好嗎？」

「喔，我願意呀。我——等一下，我對你還不熟呀。」

「我的姓名是賴唐諾，可以叫我唐諾。」

「我是杜雪曼。」

「雪曼，你好。」

「唐諾，你真好。」

「盡量吧。」

「我不是女拆白。我喜歡厚厚有汁的牛排，我也知道什麼地方有。價錢可貴噢。」

「沒關係。」

「我不希望你有非份之想。」

「我沒有。」

「但是，你一定認為這馬子吊得太容易了。」

「我沒認為是在吊馬子。」我說：「我要吃飯，你也要吃飯，何必大家孤單單地吃呢？」

「這種看法妙極了。我認為你是好人。」

「我總希望自己是好人。」

她說：「通常我不會隨便這樣約會的。我也有不少朋友，但——我不知道，你比較不同，你和其他人不同。」

「這是稱讚嗎？」

「不見得，」她笑著說：「我知道你是有所為而來的。但是，你不像其他人那樣。你不認為我們做這一行的，一定會想辦法和顧客約會。」

我什麼也不說。

她又不開口工作了一段時間。然後說：「上一次那人吊我的馬子，才真正是一次特殊的經驗。」

「噢？」

「嗯哼。」她高興地說：「我的女性朋友和我在一起，但是這傢伙亂多情的。我有不少安眠藥，是醫生給我的處方，但是她不讓我知道，加了一顆進了他的酒。他就如此睡過去了。」

「你的女性朋友為什麼要這樣做？她不喜歡那傢伙嗎？還是她認為你應該受到保護呢？」

「不是為了保護我，」她說，好玩地看我一眼：「我想美麗只是為了惡作劇。她是個聰明逗人的紅頭髮。我不知道，也許她在怪那傢伙沒把她看上眼。女人的心，你會猜不透的——即使是女人來猜。那男人倒真是個好人。」

「之後發生什麼事了？」

「噢。什麼也沒有發生。我只是聊一下。」

我說：「嗯哼。」又不講話。

她把我指甲修好。想了很多心思。

「我一定要回公寓一次。」她說。

「當然。你要我樓下等？還是等一下來接你？」

「為什麼你不跟我上去？」

「怕你給我吃安眠藥。」

「別傻了。」她大笑道：「美麗不在我那裡。這件糗事是她幹的。」

「一定很糗。」

「絕對的。那時我真的很生氣。這個男的我還很喜歡的。但是也真的很好玩！」

「他在城裡吃得開。我們三個人玩，他也很捨得。正當我對他非常有興趣的時候，藥性發作了。他正半睡狀態，要向我辦一件事的時候，就一下拜拜過去了。」

「美麗和我把他放在長沙發上，他睡得像死人，一直睡到了第二天早上吃早餐。你該見到第二天早上他的臉色——醒來發現良宵和機會統統泡湯。」

她把頭甩向後側大笑著。

「我打賭一定好玩極了，」我說：「這些事都發生在什麼地方？」

「在一個汽車旅館。美麗是個機會主義者。她問這個傢伙哪裡有好的汽車旅館，他當然就帶我們去看，他是男生，所以歸他去登記，你該懂的，當然就歸他付錢。」

「至少他投資的一晚，他睡得很舒服。」我說。

這句話又使她大笑：「好了，唐諾，我帶你回我公寓請你喝杯酒，後然我們出去。」

「我們走去？還是用計程車去？」

「大概六條街。」她說。

「計程車。」我說。

我們走出去，到拐角口，一面等計程車，我一面很隨意地問：「是哪一個汽車旅館？」

「在西波維大。」

「是哪一天？」

「怎麼啦，我來看——應該是星期二晚上。」

「你能確定嗎？」

「為什麼？當然……當然我能確定，有什麼差別嗎？」

「噢，沒什麼。我只是對你的假期有興趣而已。」

「就這樣，這就是我的假期。」

一輛計程車來到路口。雪曼把要去的地址告訴駕駛，自己向車座一靠。黃昏這個時候，即使是六條街的距離，汽車要停好多次，也走不快。

「你們三個人在一個房子裡嗎？」我問。

「嗯哼。是個非常棒的雙臥室房。」

「你住一間臥室，美麗住一間，你們把男的放客廳長沙發上，是嗎？」

「是的，本來就是個像臥榻的沙發。」

「到底能不能變成一張床的？很多汽車旅館都有這種設備的。」

「喔！可能的，但是我們沒有去研究。我們只是把他放上去，把鞋子拿掉，我從我床上抽一個枕頭給他。」

「有毯子嗎？」

「別傻了！我們用他大衣把他腿蓋住了，我們各人把臥室門關上、鎖上。他要是冷醒的話，儘可以叫輛計程車自己回去。」

我問：「我們去哪裡吃飯？」

她說：「我知道一個很好的餐廳。遠一點，但是——」

「遠沒關係，」我說：「只是我訂了十點鐘回航的班機。」

「今晚十點？唐諾！」她真的充滿失望地問。

我點點頭。

她移動身體，坐得更靠近我，把手放入我的手裡。

「沒關係，」她說：「時間尚早——絕對來得及趕上飛機的。」

第四章　傻瓜

卜愛茜把頭自我私人辦公室門縫裡伸進來，她問道：「那客戶在白莎辦公室裡，白莎在問有沒有苗頭了？」

「告訴她，我馬上去看她。」

她好奇地看著我問：「昨晚在舊金山有苗頭嗎？」

「不少。」

「旅途愉快？」

「嗯哼。」

「找到雪曼了？」

「有。」

「怎麼樣個人？」

「正點。」

「喔。」

愛茜回她的辦公室，把門關上。

我等了一下，走進柯白莎的辦公室。

卞約翰．卡文——第二似乎相當興奮。他坐得直直的，在一張椅子裡吸菸。

白莎眼中在閃光，看著我問：「有成效了嗎？」

我說：「汽車旅館裡那女的是杜雪曼。她受僱舊金山郵局街一家理髮店為修指甲師。她住的公寓離開工作所在六條街。她很漂亮。她對這次場合記得很清楚。有點不太滿意她的女朋友沒得到她同意把安眠藥給羼在卞先生的酒裡。」

「你的意思你找到她了？要的資料都有了？」卞約翰大聲說，自己從椅中跳著站了起來。

「嗯哼。」

白莎滿面春風地說：「真有你的。唐諾親愛的。」

「這真是我所謂的優良偵探工作。」卞約翰說：「你能確定是這個女郎？」

我說：「她告訴我，她去洛杉磯度假的一切：她和她女友美麗如何到夜總會，希望碰到一二位出名的明星，她們怎麼碰到你！美麗又如何使你『推介』一個汽車旅館，如何故意讓你去登記，你就只好付鈔票了。」

「雪曼——她倒是真對你有情有意的，對於美麗把藥品羼進你酒裡，在很浪漫的時候打斷了你的企圖，她還相當的責怪她的女朋友。」

「她都告訴你了？」

「全部。」

卞約翰．卡文——第二跨前一步，把我的手握住了上下的搖。他用手猛拍我的背，轉向白莎道：「這就是我喜歡的工作方式！」

白莎把鋼筆的筆套轉下來，把鋼筆交給他。

「怎麼啦，」他說：「幹什麼……喔。」

他笑了，坐下來，簽了一張五百元的支票。

白莎笑瞇瞇的，好像她要吻我們兩個人。

我把一張打字打得整整齊齊的報告交給卞先生。「報告裡有，我們是怎樣找到杜雪曼的。」我說：「裡面也有她說些什麼，她在哪裡工作和她住家的地址。杜雪曼說上週二晚上她是如何度過的，裡面也有。你認為需要的話，可以自己去找她要一張簽字的證詞。」

「你沒有問她要證詞吧？」

「沒有，我只是向她問消息，我甚至沒有告訴她，我為什麼向她問那麼多消息。我只是從她嘴裡壓一點出來，沒壓什麼進她腦子去。」

「那太好了，我真高興你沒有說，這是重要的。」

「我們的任務本來是得到情報，不是供應。」

「正點！」他大聲道：「賴，你玩得很聰明，這樣太好了。」

他把報告摺疊起來，放進運動上裝的口袋裡，又和白莎和我握一次手，走了出去。

白莎向我高興地笑道：「你真是像織布機一樣的忙亂。有的時候我真想扼死你，但是你還真會把鈔票帶回家來。」

「嗯哼。」

「這件工作做得很快，好人，你是怎麼辦到的？」

「我按圖索驥。」

「什麼意思按圖索驥？」

「我是按照別人小心地安排好的線索，把她找到的。」

白莎想說什麼，突然停下，兩隻發光的小眼煽呀煽的，她說：「唐諾，你再說一遍。」

我說：「我是按照別人小心地安排好的線索，把她找到的。」

「這是什麼意思呢？」

「就是這個意思。」

「什麼人給你留下線索？」

我聳聳肩。

「你是不是現在想和我要個性？」

「沒有，根本不是，」我說：「但你為什麼不自己想一想呢？」

「怎麼說？」

我說：「照卞約翰．卡文——第二的說法，你記得是兩個女郎來度假，一進好萊塢就被他吊上了？」

「是的。」

我說：「那是個星期二的夜晚。他是昨天來看我們的。今天是星期六。」

「又如何？」

「我在汽車旅館，五斗櫃裡找到一張藥瓶上落下的配方簽。我到舊金山去拜訪這位小姐。她說她昨天才回舊金山，今天才回到工作崗位。」

「這又有什麼不對呢？」

我說：「照她的說法，她們星期一下午五時離開舊金山。她們開到薩連那，在那裡過夜，第二天才直開好萊塢。她們直接去一家雞尾酒酒廊。卞先生在那裡吊上她們。三個人去汽車旅館，那是星期二夜晚。她們星期三一早離開汽車旅館，另外找了一家汽車旅館住。星期三晚上就住在這一家，而後星期四一大早，離開那裡，直奔舊金山。她們星期四相當晚返回舊金山，女郎星期五，也就是昨天又開始上班。」

「怎麼樣？」

「能算度假嗎？」

白莎說：「有很多人只能短短度個假。她們沒時間來浪費。」

「沒有錯。」我說。

「那麼，你說她們有什麼錯呢？」

我說：「假如你有四天的假期，你想去洛杉磯，你會怎樣安排？」

「我就去洛杉磯！」白莎說：「豈有此理，有什麼你快說。」

我說：「你會安排你的假期從週一開始，或者在週六結束，再不然週一開始週六結束。你會週六上午離開——假如週六上午要工作，你會週六中午離開。這樣你等於多兩天假期。不會星期一工作，星期一晚上離開，你也不會星期四趕回來，星期五上班。」

白莎把我說的考慮了一下，「他奶奶的，」她一半對自己說。

「再說，」我繼續道：「女郎知道了我去看她是針對她那一次度假旅行後，我不再開口，假裝我不準備多談這件事了。一度她自己急了，她怕拿不到有人答允她告訴我這故事要給她的獎金。她一定認為我是個最蹩腳的偵探。她甚至必須求我才帶她出去吃飯。她幾乎是強拉我去她公寓的。她用盡一切辦法要我得到這一切故事內容。」

「你反正得到了。」白莎說：「我們也得到鈔票了。我們還耽什麼心呢？」

「我就是不願意被別人利用，當我是傻瓜。」

「他昨天早上來，我們從他那裡得到了三百元。今天早上我們又從他那裡賺進五百元。一件兩天的案子進八百元。誰要肯出四百元一天利用我大白莎，當我是什麼瓜我都不在乎。」

白莎把她戴了鑽石的手拍向桌面，加強語氣。

「我隨便。」我告訴她，站起來，開始向門口走去。

「等一下，」我手才放到門把上，白莎說道：「你是不是說這混賬不在場證明是假造的，唐諾？」

我聳聳肩，我說：「鈔票你已經拿到，你還要什麼？」

白莎說：「等一下，好人。這件事也許不太妙。」

我說：「有什麼不妙？」

「假如這是做好的圈套，這渾蛋小子付我們八百元錢，只是叫我們擋在他前面，給他一個假的不在場證明。」

「別計較了。」我告訴她：「你自己說過的，任何人出你四百元一天，你都不在乎他利用你，叫你做傻瓜。不過你最好放兩百元在豬撲滿裡。」

「為什麼？」

「準備買保釋保證書呀。」我說著走了出去。

第五章　六呎高的荳莢

我把車開進西波維大汽車旅館的車道。

我走進辦公室，女經理抬頭看我，她眼裡冒出怒火：「你為什麼耍了我一招？」她問。

「沒有呀。」我說。

她說：「你租我一個雙套房，待在裡面不到十五分鐘。既然如此，你就該通知我一聲，我昨晚可以再出租呀。」

「我就是不要你再出租的。我付過錢給你的，不是嗎？」

「這完全沒有關係。你要真用這……」

我說：「我們不要胡謅了。我要你告訴我，星期二晚上什麼人住在那房子裡。」

「我不告訴你又如何？我從來不說我客人閒話的。」

「也許可以省去你不少惱人的宣傳。」

她看向我，思慮地說道：「原來如此。我早該知道的。」

「本是如此。」

「你要什麼？」

「我要看週二晚上的登記卡，我也要和你談談。」

「你是執法的？」

我搖搖頭。

她把塗了大紅指甲油的指甲在桌上信紙上劃出一條印來，又仔細地觀察它那犬牙交錯形態。顯然這是她今天空閒時全神貫注在做的一件事。

我站在那裡等。

突然，她向上看我：「私家的？」

我點點頭。

「你在查什麼案子？」

「我要知道星期二誰住那房子。」

「為什麼？」

我向她笑笑。

她說：「我不提供這一類資料。我們有我們管理汽車旅社的方法。」

「當然。」

「我要知道你為什麼想知道。」

我說：「我的事也是機密的。」

「是的，我相信。」

她用指尖指著剛才劃出來的紅印，又研究起來。

突然，她又說：「能不把我牽進去嗎？」

我說：「你住這裡，我也住這裡。我要欺負你的話，我不會這樣來看你了！」

「會如何？」

「請個記者朋友或警察朋友出面。」

她說：「我不會喜歡的。」

她打開一個抽屜，伸手進去，過了一下，拉出一張卡片。

是張登記卡。卡上說星期二晚上，這房間是租給「賀飛格等人」的。賀飛格地址填奧尼蘭，太子街五五一號。房租十三元。

我自手提箱拿出一架照文件照相機，就燈下照了兩張相。

「完事了嗎？」

我搖搖頭。「我要知道一點賀先生的事。」

她說：「這方面我能幫的忙不多。對我言來，他不過是另一個客人而已。」

「年齡？」

「記不起來。再想一想，進辦公室來的是和他一起來的女人。是她向我要了一張登記卡拿出去交給他的。他始終在車裡。他簽了字，叫她帶了正好十三元錢交回來。」

「他們一共有多少人？」

「兩——四個人。」

「這個男人，你有沒有看清楚？再見到他你會認識嗎？」

「難說，我看不見得。」

我說：「記得我是昨晚十一點左右來這裡的嗎？」

她點點頭。

我說：「我進那房子不久之前，有人進去過這幢房子。」

她搖搖頭：「那房子已經清掃整理過，不可……」

「有人在我進去前不久，進去過。」我打斷她的話說。

「我不認為如此。」

「進去的人是抽菸的。」我說。

她搖搖頭。

「這裡的女傭都抽菸嗎？」

「不抽。」

我說：「五斗櫃的枱面上有香菸灰在；是不小心掉下來的一點點。」

「我想不——我不知道。女傭在清理後，五斗櫃的表面一定是清潔的。」

「我認為女傭是擦拭過的。整個房子乾乾淨淨。」

我從褲袋拿出皮包，放在手裡，讓她看到。

「我們找一個女傭來問問。」我說。

女經理站到門口，她說：「她們兩個都在遠遠那一端。我不能離開電話太遠。你有興趣你可以過去找一個過來。你有什麼問題，我要你當著我的面問她。一次只問一個人。」

「可以。」我說。

我走出門去。她在我尚未出門前，就急著回進辦公室去。

黑種的那個女傭是個漂亮、聰明的年輕人，看來很懂事。

「經理要見你。」

我告訴她。她對我仔細看了一下，說道：「怎麼回事？掉了東西？」

「她沒告訴我。只是要見你。」

「你沒告什麼狀吧？」

我搖搖頭。

「你是昨天在五號的客人？」

「是的，沒錯。」我告訴她：「我沒什麼不對。經理要見你一下。」

我轉身，回進經理的房子，沒多久，女傭跟進來。

「阿球，」女經理等她進來時說：「昨天這位先生進去之前，有沒有人進過他房子？五號房？」

「沒有，夫人。」

「你確定？」

「沒有錯，夫人。」

我坐在她辦公桌的一角，伸出一隻手，好像找個地方按一下可以平衡身體。電話在那裡。我把手指握向話機把手，還是溫溫的。我出去找女傭的時候，女經理有打電話給什麼人。

我對女傭說：「等一下，我不是說有人在裡面逗留。我是說有人進去一下子。也許有人說他忘記了什麼東西——」

「喔！」她說：「那是星期三在裡面住的先生。他是有忘記東西。他不肯告訴我忘記什麼。只叫我讓他進去他自己找。我告訴他我整理過，不像有東西的樣子，但是他給了我五元小費——我希望我沒做錯什麼事。」

「不要緊，」我告訴她：「我希望你能把他的樣子形容一下給我聽。他是不是一個高個子、格子呢上裝、運動褲筆挺，二十五，二十六歲的樣子？他——」

「不對，不對。」她打斷我話道：「這位先生穿的是皮上裝，戴頂上面有很多金色花邊的帽子。」

「軍人？」我問。

「像是遊艇上的時髦人物。」她說：「但是高高的像支荳莢。」

「他給了你五塊錢？」

「是的。」

我也給她五塊錢，說道：「不能比他小氣了。他在裡面多久？」

「只夠轉一圈出來的時間。我聽到他開關幾個抽屜，然後他立即帶笑地出來。我問他有沒有找到他要找的，他說他突然記起是放在他另外一件外套的口袋裡了。外套又裝在衣箱裡了。他說他經常會糊裡糊塗的。然後就跳進他車走了。」

「你知道他週三，是住在那幢房子裡？」

「不知道，我每天下午四點半下班。只是他說他週三晚上住那房子裡。」

女經理看向我：「還有問題嗎？」

我轉向女傭問道：「再看見這個人，你會記得嗎？」

「那還用問，百分之百認得。我們這一行五元錢小帳是極難得的事。」

我開車到最近的公共電話，打電話給卜愛茜，說道：「愛茜，這個週末我不在本市，我要去舊金山。萬一白莎問起，就告訴她我們的工作現在在舊金山。」

「為什麼？」

我說：「因為一支六呎高的荳莢帶了一頂遊艇迷的帽子，到過我們兩個的蜜月套房。」

「真是有意思的蜜月。」她反唇相譏道：「代我問好杜雪曼。」

第六章　不在場證明

從名片上小心地剪下來的「羅美麗」三個字，插在美麗在葛蘭路公寓的大門口門鈴旁邊。

我按門鈴。沒有反應。

我再按，這次按了個一長聲兩短聲。

麥克風裡有女人很不高興的聲音說：「走開，這是星期六的早上。」

「我一定要見你！」我說：「再說，這已經不是早上了，是下午。」

「你是什麼人？」

「我是雪曼的一個朋友——賴唐諾。」

她沒有同意的表示，但是一兩秒鐘後，嗡的一聲表示她按鈕開門了。

美麗的公寓房間是三樓的三四二。電梯是在走道的最最遠的邊上，因為我看到電梯是在地面層上，我就懶得走樓梯，一直向電梯走去。電梯是個搖搖擺擺，吱咯吱咯的老傢伙，即使同時起步，我跑樓梯也可以同時到達。

手還沒按上門鈴，美麗就把門打開了。

她冷冷地說：「我希望是要緊事情。」

「絕對是的。」

「好吧，進來吧。今天是星期六，我不工作，所以我睡懶覺。這是最低消費的自由。」

我驚奇地看向她。

她是個很好看，身材好的紅頭髮。即使現在臉上沒擦粉，嘴上沒唇膏，她還是個大美人。顯然是她聽到我門鈴聲匆匆起來，裹上一件晨袍，但是看起來還是非常順眼。

「你和別人形容的，完全不一樣。」我說。

她扮了個鬼臉：「你沒有給我機會化妝和穿衣服，當然——」

「正好相反。」

「什麼相反？」

「你比別人形容漂亮得多。」

「那我該找雪曼算帳了。」她說。

「不該找雪曼。」我說：「是別人形容的。我認為你電燈泡做過火了。」

她不解地看我，而後說：「我沒有懂。自己請坐。你來得不是時候，但是任何一位雪曼的朋友，都是我的朋友。」

「我已經一等再等了。」我說：「我想這時候你起來了，我不致太冒失了。」

「沒關係，反正你已經來了。其實這個禮拜我根本沒工作。星期六、星期天睡懶覺只是我的習慣而已。」

看她樣子像需要一支香菸。我給她一支，她高興的接受了。她把香菸在桌面上輕扣幾下，湊近我給她點火的打火機，坐在床沿上，把枕頭靠起在床頭，把拖鞋踢掉，腿搬上床，自己坐上去，把背靠在枕頭上。她說：「我本來應該讓你在下面等，我把床收進牆去，把桌子椅子放整齊。不過既然你是雪曼的朋友，你不會計較的，雪曼怎麼樣？」

我說：「雪曼對我說了一個有趣的故事。」

「她很會說的。」

「我要你來證實一下。」

「假如雪曼告訴你的，一定是真的。」

我說：「是有關你們兩個去好萊塢的事，一個短短的假期。」

她突然把頭髮甩向後面大笑。「我懂了。」她說：「你說電燈泡的事。雪曼恐怕永遠不會原諒我耍的這一招了。但是她受了酒的影響，她變得羅曼蒂克了，她對他發生興趣了。這件事和雪曼完全沒有關係，是我自作主張，把一杯有安眠藥的酒給他喝了下去。你該看到他前一分鐘還努力表演他的熱情，後一分鐘一下睡過去。想起來我還會大笑。」

「據我知道最後他終於人事不知了。」

「像塊木頭。」她說：「我們把他放長沙發上蓋起來，彌補一下良心的愧疚。」

「我相信你們儘量讓他舒服了。」

「喔，當然。」

我說：「雪曼說你把他鞋子脫了。雪曼把沙發變成一張床，而後你把他用毯子塞起來。」

她猶豫了一下，說道：「是的。」

「你把他鞋子放床下，把他上裝掛椅背上，沒有脫他的長褲。」

「是的。」

「晚上還溫暖？」

「相當溫暖，我們把他蓋住的。」

「你不知道他姓什麼？」

「不知道。不知道他姓什麼。我們叫他約翰。你說你的名字是唐諾？」

「是的。」

「唐諾，為什麼提起那麼多洛杉磯的事？你要做什麼？」

「要談洛杉磯的事。」

「為什麼？」

「我是個偵探。」

「是個什麼？」

「是個偵探。」

「你看起來不像。」

「私家的。」我說。

「噢，也許我說太多了。」

「還不夠多。」

「你認識雪曼多久啦？我不曾聽她說起過你。」

「我昨天下午認識她，我帶她出去吃的晚飯。」

「以前沒見過她？」

「從來沒有。」

「你到底想幹什麼？你想要什麼？」

「消息。」

「好了。」她說：「你已經得到了。你得到的都是我的損失。」

「為什麼？」

「我的美容睡眠。你替什麼人在工作？」

「和你們在一起的那個男人。」

「別傻了，他不知道我們是誰。他找我們像海底撈針。我們第二天就離開那汽車旅館了，為的就是不要他再找到我們。我怕他會生氣，恨我們倒是真的。」

「不對。」我說：「他聘請我，我找到你們。」

「怎能找到的？」

「太簡單了，你用的安眠藥是醫生開給雪曼的。藥瓶上橡皮筋框著的標籤掉下來，落在抽屜後面。」

「嗨，」她說：「你可能說對了。」

「是掉下來落在一個抽屜的後面。」

她做出一個失意的姿態：「我還自以為是個聰明女孩呢。這件事怕還會給我招來麻煩呢。這傢伙會怎樣想呢？他知不知他被人下藥了？」

我點點頭：「你以為你騙得了他？」

「是在找到藥品標籤之前，還是之後？」

「之前。」

「他實在不是歪哥，祇是太急進了一點。我想他是有錢的。有錢恐怕也是他問題之一。他認為任何女人祇要一餐好的晚飯，幾杯酒就可以隨他心意了。」

我什麼話也不說。

「唐諾，他是什麼人？」

我說：「我看還是由你來說說，你對他知道些什麼？」

「為什麼要我說呢？」

「沒有什麼理由不說吧？」

她猶豫了一陣，自長睫毛後面看向我，說道：「你好像總是得理不讓人，是嗎？」

「否則就要半途而廢了。」我說。

她笑了：「你絕不是這種人。」

我保持靜默。

她說：「雪曼和我是準備在度假中放開一點。雪曼甚至比我更熱誠一點。那個傢伙倒是真心的。我們要一個嚮導，也需要有人給我們付錢。我們——」

「美麗，不必！」我說。

「不必什麼？」

「不要向這個方向去說。」

「我認為你想知道。」

我說：「你是一個有智慧的女郎，你也是個漂亮女郎。這件事根本不是那回事。卞先生準備給你多少錢？」

「你什麼意思？」

我說：「你們忽視了很多小地方。我只是要證明，你們本來就是認識他的。」

「我不懂你在說什麼。」

我說：「你要是真能幹的話，你應該堅持你們兩個女孩子在一起的時候才和我說話。讓我個別擊破，可以看出你們有多外行。」

「我還是不懂。」她藍色的眼球現在開始擔心，冷冷地看著我。

「據雪曼說，你們把他放沙發上，根本沒脫衣服，只有一個枕頭。那長沙發沒有拉成一張床，沒有給他毯子。」

她猶豫了很久，說：「再給我支菸，唐諾。」

我給她一支。

她說：「我可以竄改這一段，但是我知道不會有什麼用。雪曼電話告訴我，說你不但上鉤，而且連線連浮標都吞下去了。她說你年輕，容易欺騙，看到美腿的女人就昏了頭。」

「她說得沒有錯。」我告訴她。

她大笑。

「好吧，」她說：「你怎麼又聰明起來了？」

「你的意思是我到底知道多少？」

「沒問你，我是在自己研究。」

「故事叫明眼人一看就知是編出來騙人的。」我告訴她：「認識卞約翰多久了？」

「我才認識他，他是雪曼的朋友。」

「你並不認識雪曼所有的朋友？」

「她有鈔票的朋友我不認識。」她說得自己也笑了：「這一類朋友她很少介紹給別人。」

「他付你多少錢？」

「兩百五十元。是雪曼安排給我的。她說是我的一份。」

「她說你拿了這些錢，要替她幹什麼呢？」

「她說他可以給我兩百五十元錢，假如我願意讓我的照片上報的話。她說我需要扮演一個墮落的女人，但是會落進成名裡去。」

「你怎麼回答她？」

「你不是來了嗎？」

「是的。」

「那就是答案了。」

「於是你見到卞先生？」

「只是見了一面，他把錢給我，仔細看我一下，這樣下次再見面可以認識我。我也看他一下，我可以認識他，大家喝了杯酒，他和雪曼就走了。」

「故事是什麼人編出來的？」

「雪曼。」

「他為什麼需要一個不在場證明，你知道嗎？」

「不知道。」

「你沒有問？」

「兩百五十元，就是叫我少開口的。」

「他給雪曼多少？」

「他和雪曼是——」她把手舉起來，把食指中指絞在一起。

我說：「抱歉，打擾你了。」

「別提了。這也是兩百五十元工作的一部份。我本來認為你昨晚會來的，但雪曼來電話說你要回洛杉磯去。」

我點點頭。

「你一定是空中飛人。」

「是飛來飛去的。」

「現在我怎麼辦？」

「保持靜默。」

「要不要用電話告訴雪曼，你很聰明，你把我套住了，我說實話了——」

「這樣的話，雪曼怎麼辦？」

「喔，」她說：「雪曼會把一切怪我。她會說她把你安撫得很好，一跟我談話就變了樣，穿了幫。事實也如此，怪不了雪曼，做雪曼的男朋友，要依靠雪曼，活該。」

「她有多少男朋友？」

「兩三個。」

「你有多少男朋友？」

「不關你事。」

「很多事會變得和我有關。你有多少男朋友？」

她看著我說：「一個也沒有，沒有一個像你所謂的。」

我說：「我想你就是會如此回答的。」

「這也正是事實。」

「我想是的。」我告訴她，自椅中起立：「你想得出理由，為什麼雪曼邀你來合作這件事嗎？」

「因為我和她是朋友。」

「還有其他理由嗎？」

「因為我是現成的。」

「什麼意思？」

「因為我正好自己拿了一個星期的休假。這意思是沒有人會找到我工作的地方去，發現我沒有離開但是說自己去洛杉磯了。」

「我想雪曼不會把我算計為第一理想人選的，我們交情不夠厚。但是度次假，弄到一些外快，不壞。唐諾，我有沒有弄進什麼不好的事裡去？」

「沒影響我。」

「會給任何人帶來不好嗎？」

「目前還沒有。」

「但是，我不應該咬定這個故事，是嗎？」

「換做是我，我就不如此幹。」

「你現在去哪裡？」

「工作。」

「我替你煮杯咖啡好嗎？」

我搖搖頭。

「你不會對雪曼說我把事情弄糟了吧？」

「不會。」

「我怎麼對她說？」

「告訴她我來過了，也問了問題。」

「就這樣？」

「就這樣。」

她說：「你就這樣放我一馬？是不是，唐諾？」

「我是想如此做。」

她說：「謝謝，我會記住的。」

我走出門，自樓梯下去，去警察總局。

我隨便選了一個似乎可以幫我忙的人閒談熟悉了一下，給他看我的證件，說道：「我需要一件消息，一件反正要公開的消息，我想先知道而已。我願意付點小費。」

「什麼消息？」

我拿出一張十元的鈔票。

「我要一張上週二晚上撞人逃逸的車禍報告。」

「只要撞人逃逸？」

「所有的該日刑案紀錄我都有興趣——但是特別著重撞人逃逸。」

「哪一區？」

「反正這地區任何地方。」

他說：「為什麼要找撞人逃逸案子？你有什麼內幕？」

我搖搖頭：「我沒有什麼對你有用的資料。我甚至不能確定是撞人逃逸，但是判斷我現在面對的人，我相信是撞人逃逸。只有這樣才講得通。」

「什麼叫講得通？」

「講得通為什麼我值得花十元錢，買一張反正會公告的資料。」

他說：「你坐這裡別離開。我就回來。」

我坐在那裡，自己都有點不好意思，這種工作理該付五十元的，十元是太少了一點。但是每次報銷公帳的時候，白莎的叫喊聲實在也叫我受不了。慢慢的我也變得小氣起來。我開始決定今後做事要用我自己的方式，不能太受白莎影響。

我的朋友回來，不到十分鐘，我要的資料都有了。

「大概只有兩件可能有興趣的，老兄。」一個男人在郵局街普克街口，被一個可能喝醉了的年輕人駕車所撞。前座還有個女的。據見到的人說，兩個人在前座相當的熱呼呼。她幾乎是全身投在開車者的懷裡。他開得很快。他撞上這行人，撞碎他髖骨、足踝、肩胛骨，把他撞上路邊，慢下來一下，顯然是想起了自己喝了多少酒，加足油門逃跑了。他運氣好，沒有人看到他牌照號。當時很快，很亂。半條街後面有一輛車看到全部實況，馬上跟上去追這輛逃走的車，想法很好，但是執行的時候忙中有錯。

「另外一輛車正好從路邊開出來。兩輛車撞到一起去，保險桿也彎了，玻璃都破了，路也不通了，所有車都通不過了。」

「現場留下什麼證物？」我問。

「我告訴你，這傢伙運氣好。第二件車禍正好在行人被撞的地方發生。我們找到不少小塊玻璃和車上落下的水箱散熱片。目前只發現這些東西是後來撞在一起兩輛車子上破下來的。撞到行人的車子似乎沒有落下什麼東西。即使有，也是混在後來撞出來一堆垃圾裡了。」

我點點頭。「另外一件是什麼案子呢？」我問。

「另一件小得多，你不會有興趣的。一個男人開一輛車，他太醉了。他已經保出去了。」

我站起來說：「那就多謝了，我可以走了。」

他向我笑道：「你走哪裡去？」

「你什麼意思？」

「主辦這件案子的人要見見你。」

「什麼時候？」

「現在。」

我說：「我什麼也不知道。我來這裡是找資料的，不是——」

他說：「你自己向警官說。」

「再說，」我繼續：「即使我知道什麼消息，我也不會對警官或對任何人說。我有權保護我的客戶，不說客戶的事。」

「那是你的想法。」

我說：「當我保護我的客戶，我是不遺餘力的。」

「你已經不遺餘力了，老兄。你從洛杉磯吃到舊金山來了。你試試到這裡來保護一個洛杉磯的客戶，你就知道是什麼滋味了。」

我說：「你倒試試可以從我嘴裡挖出什麼資料來，你可以算也嘗過味道了。」

「我們不必從你嘴裡挖消息出來。」他露出牙齒來笑著說：「我們把消息連你牙齒一起搖出來。」

他把手放我肩上，我覺得他手大得像隻火腿，鋼鉗一樣的手指沿我手臂滑下，捉住我手腕。

「跟我來！」他說。

第七章　卞約翰‧卡文——第一

石警官，高而瘦的個子，穿了便服，看起來完全不像是警察。他坐在桌子後面，好像一個神父在等信徒告解。他站起來，握手說道：「我真高興你來，唐諾。任何這裡能幫助你的，我都會盡力而為的。」

「先謝了。」

「對過路的朋友，我們沒有不招呼的。」

「我真是十分感激了。」

「當然我們也希望他們回報一些——合作。」

「應該，應該。」

「你對於星期二晚上撞人逃逸的案子很感興趣？」

「倒也不是專指這一類，我說過我對所有刑案有興趣，當然撞人逃逸更有興趣。」

「我瞭解，我瞭解。」他說：「你要所有刑案。所以我幫你打字特別打了一份。賴先生，這一份送給你。」

他遞給我一份三張打字紙的刑案報告書，其中一項騷擾、三項搶劫、五項偷竊、三項酒醉駕車。報告裡還有教唆、販淫、賭博和騙錢。

我還沒看完，石警官又開口了：「疊起來，放你口袋裡，賴，有空的時候慢慢看。對那個撞人逃逸案你知道多少？」

「什麼也不知道。」

「我認為你有一個客戶，他的汽車可能撞損了一點點。你是個精明的偵探。你在代理他之前，希望能知道你接手的是怎樣一件案子，是嗎？」

「不是的。」

「應該是如此的呀。」

「我可以告訴你，我沒有一個汽車撞損了一點點的客戶。」

「嘖！嘖！」石警官道：「唐諾，不要和我爭論。」

「我根本沒有和你爭論。」

他做個鬼臉：「也不要固執，沒有用的——至少在這裡是沒有用的。」

「我也知道沒有用的。」

「那就好。」他說：「這樣才不會引起誤解。」

我點點頭：「我要是知道任何和這件撞人案子有關的消息，我會讓你們知道的。」

「當然你會的，」石警官說：「我知道你會的。第一，我們對所有合作的人都非常非常客氣，第二，我們對不合作的人，是絕對絕對的不會叫他好受。」

我點點頭。

「據我看來，」石警官繼續說：「你是洛杉磯來的。你在洛杉磯有一個私家偵探社。有個客戶跑來對你說：『賴先生，我在舊金山發生了一點小困難，我喝了點酒，我身邊還有個熱情了點的女的。她表演過火了一點。街角人又多。我聽到有人在叫喊。我相信我沒撞到任何人，但是希望你能找出實況來。萬一我真有撞到人，我要你替我擺平。』是不是這樣的，賴先生？」

我搖搖頭：「根本完全不是這回事。」

「我知道。」石警官說：「我只是告訴你，從我立場我會怎麼想。」

我不回答他這句話。

「所以你來到這裡，開始看看能不能找到些資料。這件事你沒有什麼錯誤。你給我們設想，你該知道我們有責任要把這件案子偵破。這一點，你瞭解的，是嗎？」

我點點頭。

石警官的眼睛變成無情。「所以。」他說：「假如你對這件事知道什麼，你全部告訴我們，我們會和你十分合作，大家二便；假如你不合作，你和你的客戶保證會倒大楣。這裡沒有可以擺平的事。你的客戶在洛杉磯我們照樣找得到他。至於你，下次再到舊金山來，你會恨自己不該離開家門。」

我又點點頭。

「現在，」石警官說：「我們兩個人立場很清楚了。你要準備告訴我們什麼？」

「目前，沒有。」

「唐諾，我不喜歡你這種態度。我不喜歡你說的『目前』。更不喜歡你說『沒有』。」

我不開口。

他說：「這件事你會喜歡我們這邊的合作。現在正是你表示誠意的時機。」

我說：「你一開始就把事情想擰了。」

「可能，可能。」石警官說：「我可能想擰了，唐諾，是不是有個老子走進你辦公室，對你說：『唐諾，我男孩去了趟舊金山，他回來我覺得他一定在舊金山出了點什麼疵漏。他是個好孩子，不過他很豪爽，喝了酒會把女孩子帶在身邊開車。你給我跑一次舊金山，看有沒有沒偵破的撞人逃逸案件。』再不然，有人跑來對你說：『賴，我在舊金山看到一件撞人逃逸事件，我不能出來作證，因為和我在一起的不是我太太。我把消息給你，你去舊金山找到那駕車的人，看他能不能擠出點油水給我們兩個花花。』反正我想擰了，但是脫不出這些範圍吧？」

我說：「我有一個客戶。我絕對知道他不知道我在調查車禍事件，只是我自己有興趣而已。我回洛杉磯的時候，我會見到我的客戶。我會向他提起這件事。假如他和這件事有關，他會想解決這件事。假如他想解決這件事，我會叫他來找你們。你看，這樣如何？」

石警官站起來，繞過桌子，握住我手，上下攤著，「好，唐諾。」他說：「你現在知道我們舊金山的工作方法和我們對你們的優待了。你不可以偷偷私了刑案。若有任何事，你就拿起電話直接找石警官，你懂了吧？」

「我懂了。」我說。

「你告訴我們你知道什麼，你告訴我們你想做什麼。我們警察根據你提供的資料，用我們聰明的偵查技巧，偵破刑案。等案子破了，我們給你一切合作，讓你可以多收點費用。我們把你要的資料告訴你，你可以多收點錢。」

我點點頭。

「但是唐諾，你記住。」他把食指伸出來，像老師對頑童訓話一樣：「不要在我們前面耍花樣。假如你想要什麼，最好現在說。假如你知道什麼不告訴我，那就太糟、太糟了。」

「我懂。」

「不單是對你客戶太糟。」他說：「而且是對你們的偵探社大大不利。我們和合作的人合作。我們討厭不合作的人。」

「這樣很好。」我告訴他。

「這件撞人逃逸案，」他說：「還是有不少證人的。」他交給我一張名單又說：「這些是目前我們在調查的名單，但是我相信你能使我們得到更多調查對象。唐諾，這一點我很有信心。你心裡還想擺平，而你又不是笨人。」

「唐諾，既然你來了，我對你好到底，你還要什麼消息嗎？不要猶豫，告訴我，我會給你的。」

我謝了他，走出警察總局。

我叫了一輛計程車，去皇宮大飯店，付了車資，正門進去，從邊門溜出來，跳上另一輛計程車。我看到有輛車還是尾隨在我後面。除非我告訴駕駛我要擺脫後面的追蹤，否則是無法溜掉的。

我叫駕駛沿布許街向上。我看到上面有一個很豪華的公寓，我叫駕駛停在公寓門口，要他等候。我走進公寓，找到櫃檯值日的職員，把自己名片給他看。

「我是來辦一件案子的。」我說。

他的表情非常不友善。

「你這裡有沒有一位住戶，有一輛深藍的別克轎車？」我問。

「我不知道。」他說：「也可能有好幾位。」

我蹙眉道：「奇怪了，這地址是對的呀。應該是有的，深藍色四門別克轎車。」

「我真的幫不上忙。」

「能替我找找看嗎？」

「不見得能，我的工作不是做住戶間諜的。」

「我沒請你做住戶間諜。我只是要些消息。我可以設法要一張住戶名單，然後查他們的車子。」

「那你為什麼不如此做呢？賴先生？」

「因為我想省些時間。」

「時間，」他說：「就是金錢。」

我說：「在這件案子裡金錢不多。」

「那你活該多花點時間。」

「我研究一下再回來。」

「好主意。」

我走出來，乘等著我的計程車，回到我自己旅社，進房間，等了十分鐘，又找了輛計程車到一個三溫暖浴室，好好洗了個澡，請老師傅好好的按摩了一陣。出來的時候，我乘計程車沿吉瑞街而回，到了某一個滿意的交叉路口，我請駕駛停車，我付了車資，在這一段地上步行。當我絕對知道沒人在跟蹤我後，我走進一個藥房，自邊門搭輛計程車直奔卞約翰的家。開門的是個女傭。

我說：「我是洛杉磯來的賴唐諾。我來見卞約翰．卡文──第二。請你告訴他這是重要的急事。」

「請你等一下。」她說。

她看看我給她的卡片。小心地把門關上，把我留在門外。兩分鐘後，她把門又打開，對我說：「請進。」

我經過一個接待玄關，來到客廳，卞約翰．卡文──第二走過來迎接我，他對我來見他半點歡迎氣息也沒有。

「怎麼啦！賴，什麼風把你吹來了？」

「工作。」

「我認為你們偵探社為我做了一件非常成功的工作。」他說：「但是一切結案了呀——付完錢了。中國話說『銀貨二訖』了。」

他沒有要我坐下來。

我說：「我是在做另一件工作。」

「要是我能幫你忙，我是願意的。」他板著臉說。

我說：「我來這裡是為了一件警方有興趣的撞人逃逸案子。」

「你在說警察老遠從洛杉磯，聘請一個私家偵探來這——」

「我沒有這樣說，我說警方對這件案子有興趣。」

「對一件撞人逃逸案？」

「是的。」

「應該的。」

「一個傢伙在郵政街和普克街口撞了個人。」我說：「撞碎了他不少東西，而且溜掉了。有個人想追他，但是撞了一輛才從路旁開出來的車。這傢伙才能順利逃掉——當然只是暫時的。」

「你想幹什麼？找到那個傢伙？」

「我認為我知道他是誰。」我直視著他說：「我目前正在想辦法向他攤牌。」

「我不能說『祝你好運』。」他說：「這些撞了人敢逃掉的人，一定是無法無天的。賴，還有什麼事嗎？」

我說：「是的，我有事找你談。」

「目前我正忙著。我在和我父親討論一件要事——」

「假如你去看醫生，」我說：「你要求他給你打針盤尼西林，他給你打了，也不問你原因，出來你會怎樣想？」

「我會說他是個蒙古醫生。假如這是你希望的答案。」

「正是我希望的答案。」

「好了，我說過了。」

我說：「這正是你所做的。你走進我們辦公室，說出你要的藥品，就走了回來。」

「我給你們一個特別的形容。這不是藥品，我也沒病。」

「你也許沒有想到你有病，但是你從另一角度再看看你的情況。量量脈搏、體溫看。」

「你到底是什麼意思？賴。」

我說：「你想建立一個假的不在場證明。你親手佈置好。你要我們替你找出來。這樣使你顯得無辜一點，你可以說是花了不少鈔票請私家偵探替你——」

「賴，我實在不喜歡你的態度。」

「你這個計畫的缺點是你不敢找完全沒見過面的陌生人。你一定要找個可信託的朋友。然後，為了不使雪曼名譽受損和加強你的不在場證明，雪曼又必須再找一個她的朋友美麗。」

「你到底在說什麼？反正我是完全不懂。」

我說：「在你確定我們會接受你這件案子後，你穿上件皮外套，戴頂海員帽，跑去汽車旅館放了點東西進去，讓我來找到它。

「我不太瞭解你怎會選上這一家汽車旅館。你也許以前住過那裡，覺得那裡有些什麼名堂，也許你隨便挑到的。

「假如你告訴我說，你想掩護的是星期二晚上的什麼事，我也許可以幫你忙。我們的工作本來就是幫人忙的。我們也希望能幫助你。」

他慢慢、冷冷、生氣地說：「有人警告過我不要隨便找私家偵探。有人說私家偵探知道客戶秘密後會敲詐客戶。我現在開始相信了。星期一早上第一件事我會通知銀行止付給你們的支票。我會用電報通知你公司止付原因的。我對你干預我私人事件十分不高興；我不高興你想敲詐的態度；我討厭你。」

我打出我最後一張王牌。「你父親，」我說：「不會高興看到太多的宣傳，說他兒子是一個撞人逃逸的駕駛。對於這一類事我們是專家，有很多私了的法──」

「等一下，」他說：「你在這裡等一下。賴。我有件東西給你。你說的使我想起一件事。你等一下，千萬別走開。」

他轉身，離開這房間。

我走過去找了張沙發，坐下。

腳步聲響，門又打開，卞先生和一位年長的男人一起進來。

「這是我父親。」他說：「我對父親沒有秘密。爸爸，這位是賴唐諾。他是個私家偵探，從洛杉磯來。我要他們找到星期二晚上我在洛杉磯汽車旅館裡一起的兩個女人。他們很不錯，替我把人找到了。我這裡有一份報告，他們公司交給我的，說他們如何找到這兩個女人，又至少和其中一個詳談過，發現一切和我所說完全符合。」

「我依約給了他們公司一張五百元支票作為獎金。我不知道這樣做對不對的。良心上來說，我給了偵探社投機心理，增加他們不正當收入，對偵探社名譽是有損的。」

「現在他自己找上門來，想敲詐我。他訴說我想偽造一個不在場證明，暗示我星期二晚上混進了一件撞人逃逸事件。大概是郵政街和普克街交叉口吧，假如我沒聽錯。我現在該如何處理，爸爸？」

卞約翰．卡文——第一，仔細地看著我，好像我是一隻從門縫下爬進來的怪蟲，在他踩死我之前要看看清楚似的。

「把這狗娘養的趕出去。」他說。

「星期二晚上，你兒子根本不在那汽車旅館裡。他一直在想製造一個假的不在場證明。他的辦法很差勁。假如官方一調查，單是他製造假的不在場證據一件事，就會把他自己扣死在原本想避免的罪裡。也同時斷絕了法庭和公眾的同情心。我只不過是同情這傢伙才來管這閒事。」

卞老先生繼續不屑、蔑視地說：「你說完了沒有。嗯——」

「賴，賴唐諾。」

「你說完了沒有，賴先生？」

「說完了。」

卞老先生轉向他兒子：「到底是怎麼回事，約翰？」

約翰用舌頭潤濕了一下他嘴唇。「爸爸，我告訴你事實了。我在洛杉磯輕鬆一下，我邂逅一個小姐，我不過要求和她跳兩個舞。之後她就要我一招跑了。

「結果發現這女人是一個出名流氓的姘婦。現在她失蹤了。

「她跑掉之後，我碰到一對很好的女孩子。我不知道她們姓名。我們三個人在一家汽車旅館待了一個晚上。

「我請這個人去找這兩個女人是誰，如此我可以證明，我沒有和這流氓的姘婦在一起——那個夏茉莉。

「他工作效率很好，找到了她。現在他自己把自己績效推翻。也許有人給他錢了，也許他想敲詐些錢。也許兩個女人中有一個不喜歡我，說了謊了，這樣她也可以弄點錢。」

「這是你要對我說的全部嗎，約翰？」

「是全部了，爸爸，你幫我忙吧。」

卞老先生轉向我道：「門在那邊，請出。」

我向他笑笑。我說：「現在，我對你有興趣了。」

他走向電話，拿起話筒，說道：「給我接警察總局。」

我說：「該找的是石警官。石警官負責調查星期二晚上十點半，發生在郵政街和普克街的一件撞人逃逸案件。」

卞約翰・卡文——第一連頭都沒回一下。他向電話說：「是總局嗎？……我要和石警官說話。」

當然他可能是在唬人。他的總機未見得把電話真接通總局。我算不定。

我等著。過不多久電話裡聽得到對方的說話聲，卞老先生說：「警官，我是卞約翰，有一個私家偵探在我家騷擾，他顯然是在敲詐我的兒子……他向我提到你的名字……什麼？是的，一個洛杉磯來的私家偵探，名叫賴唐諾。」

「爸爸，他們公司名稱是柯賴二氏私家偵探社。」他兒子說。

「我相信他公司名稱是柯賴二氏私家偵探社，社址在洛杉磯。」老先生繼續說：「他顯然是在替他另一位撞人逃逸的客戶找一個替死鬼……是的，是的，就是，沒錯。他是如此說的。在郵政街和普克街口，上個週二晚上十點半……是那件事，我怎麼辦？能不能……好，我儘量把他留到，你要快來。」

我沒等著聽下去。假如他是在唬人，他的底牌比我硬，籌碼比我多，而且一下都推進桌子上了。我站起來走人。

沒有人禁止我不能出去。

第八章　販報大男孩

換兩次計程車後，我來到市場街的北方。找了個住的地方。你不能稱它是三流旅館，只能稱它是垃圾堆。對目前的我正好合用。

第三街的小店供應了我一件襯衫、襪子和內衣。一家小藥房供應了我刮鬍髭用品。在昏暗、骯髒、不通風的房間裡，我坐在一張會作響的桌子旁，開始想一切發生過的事情。

卞約翰．卡文——第二急需一個不在場證明。他願意花那麼多金錢、時間來偽造一個。

為什麼？

最合理的想法當然是撞人逃逸，但是我提出來的時候，他有恃無恐，一點憂慮也沒有。那麼，也許他「撲克玩得比我好」，也許我根本想錯路了。

我走下樓，用電話打卜愛茜公寓，找到她。

「雪曼好嗎？」她問。

「雪曼很好，」我告訴她：「她也問你好。」

「謝了。」她冷冷地說。

「愛茜，我覺得我在這裡走不對路了。」

「怎麼會？」

「我不知道，我在擔心。我想可能答案是在洛杉磯。我希望你開始調查，週二整個晚上，洛杉磯到底有些什麼刑事案件，做張清單出來。」

「那會是很長一張清單。」

「從撞人逃逸開始。」我說：「我特別想到被撞的人受傷很嚴重，而撞人的車子損傷不大，不容易被找到，你懂嗎？」

「我懂。」

我說：「也要包括洛杉磯的近郊。譬如五六十哩之內。你看你能找到什麼，好嗎？」

「緊急嗎？」

「十萬火急。」

她說：「你根本不在乎一位單身女郎的週末，是嗎？」

「我回來後，你多的是週末。」我說。

「週末也必須要有鈔票。」她反駁道。

「你在說什麼？」

「我只是說，要你代我問雪曼好。」她問：「我怎樣找你？」

「你找不到我，我會打電話找你。」

「什麼時候？」

「明天早上吧。」

「禮拜天早上！」

「是的。」

「你真的越變越像白莎了。」她告訴我。

「好吧，」我說：「我多給你一點時間，讓你多睡一會。我星期一早上打電話到辦公室找你。我會叫接電話那一端付錢，我現鈔不多了。」

「禮拜天沒關係，唐諾。你的事，任何時間都……」

「不要，這樣短時間你找不夠資料的。」

「你怎麼知道？也許一個警方偵探今晚會請我吃飯。」

「你滿吃得開的嘛。」

「也限於本市而已。其他城市我不熟。」

我大笑：「愛茜，決定星期一好了。已經夠快的了。」

「真的？」

「真的。」

「再見。」她溫柔地說，把電話掛上。

我去郵政街和普克街看一看，這裡天生就該是有車禍。任何人沿著郵政街向前，看到凡尼斯路綠燈，以為普克街不會有車出來，一定會加速前進。

一個男孩在街角賣報紙，交通流量很大。

我從口袋中拿出石警官給我的證人名單，一面在懷疑這張名單是否齊全。

名單上有個女人，職業只寫是販賣員；一個男人，是附近藥局工作的；一個汽車駕駛，他「看到全部」，因為他在路中；一位男的聽到撞上行人，從他經營的雪茄攤跑出來看是發生了什麼事。

名單上沒有販報大男孩。

我想了一下，走過去買了份報紙，給他兩角，叫他不要找了。

「這是你常來的地點嗎？」我問。

他點點頭，他眼睛敏捷地看來往的人群，找恰當的對象來銷份報紙。

「你每晚都在這裡嗎？」

他點點頭。

我突然說：「為什麼你不告訴警察，星期二晚上你看到那個撞了人跑掉的車禍？」

要不是我一把抓得快，抓住他手臂，他還真的會逃跑掉。「算了，小鬼。」我說：「說出來吧。」

他看起來像隻落入陷阱的兔子。「你不能逼我做我不願做的事情。」

「誰在逼你？」

「你。」

「你還沒真見人逼你呢！」我告訴他：「他們給你多少錢叫你不開口？」

「你為什麼不管你自己的事？」

我告訴他：「你這種行為叫做接受金錢，私了刑案。」

「這一帶我警察朋友不少。」他說：「他們不會喜歡我被別人欺侮的。」

「你也許有朋友是警察。」我說：「但是現在和你打交道的不是警察。你有當法官的朋友沒有？」

我看他畏縮了。

「當然，」我說：「有一個法官是你朋友也許能幫你忙，我不是警察，我是個私家偵探，但是我是不好惹的。」

「你為什麼和我過不去呢？放我一馬不好嗎？」

「說話對你有什麼不好呢？」我說：「有人給你錢了？」

「當然沒有。」

「把消息留著，準備敲詐些錢？」

「喔，先生，幫幫忙。我也想出面為正義作證的，但是我發現我不能。」

「為什麼你不能？」

「因為在洛杉磯我有些麻煩。我違反了假釋法規，我是溜來這裡的。我不該賣報紙，我該每三十天向假釋官報到一次的。我不喜歡那樣，我溜來這裡，但是我沒做不正當的事。」

「你為什麼不報告你看到這件車禍？」

「我怎麼能？我以為我做對一件事，我記下那傢伙車號，我認為我可以替警方立件大功，但是我立即發現那會怎麼樣。地方檢察官會叫我做他的證人，代表被告的律師會把我面子剝光，證明我是個假釋逃犯，陪審團會對我不信任，他們又要把我送回洛杉磯，我是那邊的假釋逃犯。」

「拿一個小孩子來說，你相當聰明。」

「我不是小孩子。」

我向下看他早熟聰明的小臉，他銳利的眼光也看向我，他想找我弱點來打擊我。我手下感到他瘦削的肩膀，我說：「好吧，孩子，你不許瞞我，我也真心對你。你幾歲了？」

「十七歲。」

「在這裡還能混得下去嗎？」

「還算可以。我現在努力要學好。我在洛城有麻煩，是因為朋友太多了。我一定得跟他們闖，否則他們會笑我娘娘腔。我一個人生活就不會出錯。」

「你那些朋友在洛杉磯幹些什麼？」

「什麼事都幹。開始是幼稚的孩子玩玩的，之後『殺豬的』殺出來要做頭，他說只有警察在通緝才能算是玩家。他是非常厲害的人。」

「為什麼不去告訴你的假釋官？」

「你叫我去做告密的小人？」

「為什麼不自己留在家裡，不要出去逛？」

「別傻了。」

「所以你一個人溜到這裡來？」

「是的。」

「一直沒犯錯？」

「絕對正直。」

「把汽車車號給我，我盡可能不把你拖進去。」

他從口袋中拿出一片從報紙上撕下一角的紙。紙上有硬鉛筆寫下的一個號碼，不易認出是什麼。

我小心地認著。

他焦急，低聲哀求說：「是這輛車撞上了那個人。駕車的從上坡下來，快得不得了，幾乎撞上我，我生氣了，所以先記住他號碼。他是個中年大胖子，旁邊有個小金髮的擠在他身上。在街角處她要去吻他，也許是他想吻她，反正他們在接吻。」

「你怎麼辦？」

「我跳著讓開，以為這傢伙會撞上人行道。我記住他號碼——我拿筆，記在報上，他就撞上這個倒楣人。」

「之後呢？」

「他慢下來，我以為他要停車；女的給他說了什麼，他改變主意。加油走了。」

「沒有人追他？」

「當然有，一輛在他後面的車要追他，正好一個呆瓜從路邊要開車出來。兩輛車一撞，把街上弄得一地破片。這時所有人都來幫忙照顧被撞的老人，突然，我瞭解我的處境了；我要是出來作證，我就作繭自縛了。」

「開車的是什麼人？」

「我告訴過你，我不知道，我只知道他開的是深色轎車，開得飛快，而且他和他女人在車裡調情才會撞到人。」

「有喝酒？」

「我怎會知道？他腦子裡根本沒有在開車，一腦子別的東西。現在我幫你忙了，先生，該讓我走吧？」

我給他五塊錢，我說：「買些糖果吃，不要耽心。」

他看看五元錢的票子，快速地拿過，塞在口袋裡：「還要我做什麼？」

我問：「再看到這男人你會認識嗎——開車的男人？」

他突然警覺地看向我，堅決地說：「認不出。」

「從一排排站著的人當中，能選出他來嗎？」

「不能。」

我離開他，去查他給我號碼的車主。

是輛凱迪拉克轎車，車主陸好佛，登記地址遠在海灘上的一個公寓。

第九章 偽證

在市場街之北的破舊旅館裡，我一直待到了星期天的中午。在附近的一家小餐店裡吃了早餐。蛋是不新鮮的，煎蛋的油是一再回鍋的，咖啡有如泥巴水，吐司又冷又濕答答的。

我買了份報紙，回到我空氣不通、地毯腐蝕、椅子又直又硬的房間去看。

「蓋仔」蓋蓋文又製造了頭新條聞！

他自己從醫院裡出院了。他的離開在在都顯示了他的憂心和懼怕。

事實上他根本就是把自己藏起來了。

他的護士和醫生對他的出院和去向根本不知道。

蓋蓋文的傷勢復原得十分快速，近日已能自由行動。穿了睡衣、拖鞋和浴袍，他聲稱要自己走下走道去日光室照點陽光。

幾分鐘之後，他的特別護士跟去日光室，但是什麼也沒有見到。徹底的搜查醫院，沒有見到蓋蓋文，也沒有任何線索指示他去哪裡了。

各方猜測都有不同的說法，有的說這賭徒是自行消失的，有的說他是被要趕他出去的敵人綁走的。

這暴徒並沒有把他被槍擊第二天，夏茉莉給他帶來的衣服穿走。

被槍擊當晚，他穿的兩百五十元一套的灰服，絲襯衫，二十五元的手繪領帶，都被扣著作為槍擊證據。槍擊的第二天，夏茉莉帶來一只箱子，裡面有另一套三百五十元訂做的衣服，一雙七十五元訂製的鞋，另有一條二十五元手繪的領帶及不少絲襯衫和手帕。所有這些東西都沒被帶走。在醫院裡「消失」的時候，他只穿了浴袍、拖鞋。

醫院人員宣稱，穿成這樣的人，絕對不可能從任何一個出口離開醫院，當然所有計程車也不會搭載這樣穿著的客人。警方駁稱無論院方怎樣說詞，蓋蓋文已離開醫院總是事實，而且他也並不一定要靠計程車作交通工具。

各方批評為什麼警方不派人站崗，使他不能跑掉，但是警方反駁這些批評，說蓋蓋文是受害者。他並沒有開槍，而且別人向他開槍的時候，他身上沒有槍。警方說他們工作繁重，實在沒有理由派警衛來保護一個「對手」想把他趕出「黃金地盤」的賭徒，雖然警方一再已否認在本地區尚有賭博集團的存在。

我用小刀把報上這一段割下來，摺疊一下，放進皮夾裡去。因為目前我是在躲避，所以不太敢出去亂晃，我把無聊的一天用來閱讀、想問題和不離開房間。

星期一，我走出去買份報紙。新聞在報紙上。

夏茉莉的屍體，被發現埋在拉古那附近海邊一個淺坑裡。拉古那是洛杉磯南面很出名的海邊休閒城市。

海灘最高潮汐線的上面被挖了一個淺淺的坑，但是屍體分解的惡臭，從沙裡冒出來，於是屍體就被發現了。

從局部的情況，警方認為這個淺坑是被人在晚上匆匆挖成的。有人用車載了屍體從岩邊路旁停車把屍體拋下，拋下前女郎是死的。然後有人快速地在鬆軟的沙灘上挖坑埋屍，溜了。

屍體檢查，驗屍官認為她已經死了一個星期了。死者被人兩槍擊中背部——冷血而有效，幾乎是立即致命的。兩顆致命的彈頭，都找到了。

洛杉磯警方因為女郎拒絕合作，不肯把蓋蓋文槍擊內情告訴他們，所以在女郎失蹤後決心坐觀其變，現在拒作任何聲明。奧蘭治郡的行政司法長官對匪徒公然姚釁十分冒火，決心處理。

多方查證，警方的調查集中在最後一晚夏茉莉被人見到，和她一起離開的一個年輕男人身上。警方現在認為那一晚就是她死的一晚。警方對這位年輕男人有很詳細的描述，已經循線在追蹤。

我找了個電話亭，用收話人付款方式接辦公室的卜愛茜。

我聽到電話那一端我們的接線生說：「柯太太說賴先生來電話的話，她要聽。」

一會兒之後，我聽白莎歇斯底里的叫喊聲，自電話那端大聲道：「唐諾，你混帳小白痴。你到底想幹什麼？是什麼人在管我們公司的業務。」

「這一次又怎樣啦，白莎？」我問。

「又怎麼啦？」她喊道：「你脫不了身，你想敲詐我們的客戶。你會使我們執照吊銷的。我們客戶已經止付了五百元獎金的支票。又怎麼啦？又怎麼啦？你私自跑到舊金山，把腦袋伸出來。舊金山警察在找你，我們偵探社信譽給你弄壞了，五百元獎金進了抽水馬桶了，你還要叫公司給你付電話費，你以為是怎麼啦？」

「我要向愛茜要一些資料。」我說。

「那你自己付你的電話費，」白莎大喊道：「以後我們這一頭再也不接這裡付錢的電話。」

她把電話切斷，我認為她是把電話線從根拉斷的，不是掛斷的。

我掛上電話，坐在電話亭裡計算我剩餘的現鈔。我沒有足夠的錢來浪費再打電話給愛茜了。

我走到電報局，給卜愛茜一通收報人付款的電報。

「速電告資料。一街市場街電信支局留交本人。」

希望白莎不會想到拒收受方付款的電報。

我回到我的鴿籠旅館房間，倒在床上等時間的消逝。

舊金山報紙的中午版刊出了有用的消息。洛杉磯夏茉莉的被謀殺突然在這裡熱鬧起來，因為它有特別的地緣關係。

報紙頭版的標題是這樣的。

「本地出名銀行家之子，出面提供匪徒槍擊資料。」

報上說卞約翰，卡文——第二自動向警方提供消息，他是那天下午在酒廊裡和夏茉莉跳舞的人，他也是使漂亮的夏茉莉離開她同伴的人。

這位少年勝利的光彩結果變成了出奇的丟臉，因為小姐假借「尿遁」，一去就沒有再出現。

年輕的卞先生說，隨後他又遇見了兩位來自舊金山的女郎。這一個晚上是和她們共度的。他不知道她們姓名，所以他請了洛杉磯一家私家偵探社替他找到了這兩位女郎的身分。

卞先生把這兩位女郎的姓名告訴了警方，由於這兩位女郎是舊金山正當職業的正式僱員，而且這兩位女郎在洛杉磯只是請卞先生帶她們去幾個正當場所觀光，所以警方沒有公佈這兩位小姐的姓名。記者確知兩位小姐曾被警方傳訊，而且對卞先生所說的每一句話都加以證實了。

報上登了卞約翰‧卡文——第二的一張照片。是一張專門報社照相人員拍的整潔、清晰的照片。

我走去報館，找到沖洗照片的部門，以兩支便宜的雪茄換到了一張平光紙的照片，照片照得好極了，一看就知道是卞約翰‧卡文——第二。

我趕回電報局。沒有愛茜給我的電報。

我乘街車到羅美麗的公寓。

她在家。

「喔，哈囉！」她說：「請進。」

她眼睛閃閃發光，她穿了一件漂亮衣服，顯然才從紙盒裡取出來。盒子上有舊金山一家最貴族化服飾店的標記。

「今天不工作？」我問。

「今天不。」她神秘地笑著說。

「我認為你假期結束了，你應該回去工作了。」

「我改變主意了。」

「那職位呢？」

「我是個自由人了。」

「從什麼時候開始的？」

「你看呢？」

「這樣合適嗎？」

「別傻了。」

「美麗，你在自斷生路。」

「為什麼要回頭呢？」

「你可能仍需要工作才有飯吃。」

「我不會，我要出門了。不回來了。永遠不回來。」

「這是新衣服吧？」

「好不好看？穿了連身價都不同。我找到它，它像是為我訂做的。連一點修改都不需要，我高興死了。」

她一直站在落地長鏡子前面。現在她抬起兩隻手臂，轉一圈要我看她曲線。

「是不錯。」我說：「你穿起來更好看。」

她坐下，把兩條腿架在一起，用撫摸的方式把裙子在大腿上弄弄整齊。

「這一次，」她問：「你來又有何貴幹？」

我說：「我來警告你不要把回頭的橋燒掉了。有關於卞約翰的不在場證明，你向『我』說謊是沒有關係的。」

「卞約翰．卡文——第二。」她裝出一本正經，笑著說。

「好，就算他是第二。」我說：「你向我說謊沒有關係，但是向警察說謊則是另一件事。」

「唐諾，」她說：「你是一個好人，你是個偵探。所以你腦子骯髒多疑。你來這裡暗示我說謊，為的是給卞約翰，卡文——第二，一個不在場證明。而我是逗著你玩玩，看你怎麼說的。」

我說：「我詰問你，你無話可說，而且不能堅持自己的說詞。」

她大笑，好像整件事是十分好玩的，她說：「我不過是引你說話，唐諾。亂胡扯的。」

她把自己移到長沙發來，坐在我身旁，把一隻手放在我肩上，溫柔地說：

「唐諾，你為什麼還不放棄？」

「因為我已經放進腦子裡去了。」

「你沒有辦法和鈔票及勢力來鬥的——在這個城市不行。」

「什麼人有鈔票？」我生氣地問。

「目前。」她說：「卞約翰．卡文——第二，有鈔票。」

「好吧，什麼人有勢力？」

「我來告訴你，卞約翰．卡文。」

「你沒有加『第二』呀！」我揶揄地告訴她說。

「不需要呀。」

「真的？」

她點點頭：「我是指卞約翰．卡文，這位老人家，他自己出馬了。」

我考慮一下她說的話。

她說：「你在強出頭。你做了你不該做的事。你說了你不該說的話。唐諾，你為什麼不肯順應潮流？」

「因為我天生不是如此的。」

「你已經損失了五百元錢。你讓自己和警方敵對，有通令目前他們要捉你回總局，你真的麻煩大得很。假如你肯長大成熟點，這一切都可以擺平的。警方會撤銷找你的命令，五百元支票仍可兌現，每件事情又會變得完美了。」

「所以你又回到不在場證人故事去了？」

「我從來沒有放棄過不在場證人故事呀。」

「你在我前面放棄過。」

「那只是你在說。」

「你知道你放棄過。」

她如受催眠地說：「卞約翰．卡文——第二、杜雪曼和我都堅持這個故事。你來了。你說我對你變了供。我否認。卞約翰．卡文——第二說你想勒索他。警方說你去警局鬼祟地想找些資料可以勒索你自己的客戶。還不夠聰明呀，唐諾。」

「所以，你決心出賣我了？」

「沒有，我決心把自己出賣了。」

「美麗，你騙不過人的，千萬別去試。」我求她。

「你管你的事，我的事我自己管。」

「美麗，真的不能幹的。你也逃不了的。有人在法庭上一詰問你，你就糊塗了。」

「你現在再試試詰問我看看。」

「即使我再捉住你小辮子，又有什麼用？只能使你再學乖一點？」我說：「你在替一堆外行人工作。他們認為可以把事情安排好。美麗，你是個好女孩子。我不喜歡見你和任何事連在一起。這件事將來對你非常不利的。」

「現在對你才不利呢！」

我站起來要走向門口。我說：「你頑固不化，你會見到對誰不利的。」她跑兩步向我說：「唐諾，不要這樣就走了。」

我不理她。

她用手握住我的手：「唐諾，你是個不錯的人。我不喜歡見到對你不利的事。你在反抗權力、勢力和金錢。他們會把你壓扁，摔出去。你會信譽破產，做勒索的被告和失去你的執照。唐諾，我能幫你忙。我對他們說過，假如不放掉你，我就不合作。他們會同意的。」

我說：「美麗，讓我們從冷靜的邏輯來看。這件事幾乎讓卞約翰．卡文——第二花了一千元錢，來製造一個不在場證明，還不包括他們付你的在裡面。我想杜雪曼心腸軟，他們沒有付她多少。他們第一次付你兩百五十元。他們第二次回來，可能真花了點錢。」

「你就開始買衣箱和衣服。你要做一份口供，然後出國去旅行，也許去歐洲。」

「好吧，」她生氣地說：「他們要我走。他們付我錢，不少錢，他們用勢力保護我，很大的勢力。我不去歐洲，我去南美洲。你懂怎麼回事嗎？」

「怎麼會不懂。」我說：「你替他們做個口供書，你上船，至少暫時不在管區之內了。他們只能經過美國領事館問你問題。你……」

「不是這樣。」她說：「你是以局外人眼光來看這件事的。我是從我的立場來看的。」

「你不會懂一個女人到大城市來求生存。她能首先見到的是一大堆花花公子，他們只是花花而已。

「一開始也許你認為暫時沒人管，輕鬆一下沒關係。你也高興終於自己有了一個公寓，做任何事不必請示任何人，你自己是大人了，老闆了。你以為隨時想收心都可以，只要停止活動，找個正當事做。心想憑自己能力，找個工作，拿固定薪水，不會困難的。

「事實上不是如此。這是包了糖衣的藥丸。外面的糖衣嚐完了，裡面只有苦藥。

「你不是獨立的。你是經濟和社會的一份子。你要肯玩，你有本錢的時候可以玩一陣，年老色衰就玩完了。你要想在正經工作上出頭，一千個也不見得成功一個。

「過不多久，你想到安全保障了。你想到家，孩子和——和受人敬重。你希望有個愛你，你愛的丈夫。你要成家了。

「但是別人找你不是來找太太或想成家的。你身上全身都標誌著花花女郎。你見到近視眼女會計嫁給了管檔案傻呼呼的小子。但沒有人向你求婚。全城好一點餐館的僕役都認得你，你身上有標記。

「公司裡找你的人不少，都是有家的。老闆有意無意的打你屁股，給你說黃笑話，自以為風流。你見到一兩個不錯的小子，賭咒自己是單身漢，三杯黃湯下肚，他們就把皮夾拿出來給你看太太、小孩的照片。

「唐諾，我受夠了，我要坐船走了。去一個沒人知道我背景和過去的地方。我穿好的衣服、漂亮、吸引人。我要坐在甲板的帆布椅上，整天什麼也不做，只是看別人。我要找一個對我合適的人。」

「把你自己送給第一眼見到的合適人選？」我問。

「還不至於如此不值錢，也沒如此急。但是我要見到有興趣的男人，或發現什麼男人對我有興趣，我會和他詳談的。我要知道他對生活的看法，我會遷就他的。」

我說：「你看這一類大洋輪廣告太多了。廣告上有月光、有椰子樹和風，有日落的海洋，有穿了禮服的白馬王子，甚而音樂……」

「不要說了，唐諾。」她說，尖聲笑著：「你越說，我越想去了。」

她的笑聲不一樣，我看著她眼睛，她眼中充滿了淚水。

我說：「美麗，我知道你有苦衷，你一開始就交上了這一類朋友，你不容易脫身。就算你全身有了標記，你為什麼不另找一個地方，找一個工作，重新交一批朋友呢？」

「說來容易。」她說：「把我已經有的全拋棄？重新從一個吃不飽的薪水開始，而且寂寞得像一個人到另外一個星球一樣？」

「我是個活躍的人，唐諾。我要有人看我，我看別人。我充滿活力，我不是『乖乖女』一類的。我要看好的秀，聽好的音樂，在好的夜總會跳舞，我要奢侈、豪華。」

「沒有錢，哪有這麼多享受呢？」

「乘頭等艙旅行，就有了。」

我說：「聽起來滿好，但是你逃不了的。」

「千萬別再這樣對我說。」

「最後你一定會面對偽證罪的。」

「不要潑冷水，唐諾。這是我一個機會，我要捉住它。我這一生已經畏首畏尾好多次，損失了不少機會了。這次我絕不放棄了。也許你不高興，但是我已經決定不回頭了。老實說，我現在有些擔心，你蠻幹下去，你自己會越弄越糟。唐諾。聽我的，罷手吧。我什麼都不管了，我要去里約熱內盧了。」

「什麼時候走？」我問。

她說：「時間和方法是我不作興和你討論的機密。但是我是去定了，而且快得會使你吃驚。」

「好吧，」我說：「是你自掘墳墓。」

「錯了，」她說：「是我掘開了墳墓。」

「那恭禧你了。」我說。

「謝謝你，唐諾。……唐諾。」

「什麼事？」

「你結婚了嗎？」

她嘴唇上露出渴望的半笑。

「沒有。」我說，把門打開。

「我就知道。」她說。

我走出她公寓。我走去電信總局，又給愛茜一份受方付款的電報：

「籌碼過大，不可能小於謀殺案件。專注謀殺案，餘皆放棄。速速覆電。」

第十章　想從火坑裡跳出來

我慢慢地享用了一頓便宜的墨西哥紅椒牛肉飯。走到電信支局。一份電報在等我：

「除白莎吵著要殺你外，沒有真正謀殺案。諒已見報載夏茉莉，或是答案？愛。愛茜。」

我正在把電文放進口袋，支局的女郎說：「賴唐諾先生呢，請稍等，這裡又有一份給你的，這一份比較長。」

我坐在那裡等，電傳打字機不斷地在響。

電文最後傳到我手裡的時候，我看到的是一般大眾對刑警、私家偵探和娼妓的好奇眼光。

「在這裡簽收。」她說。

我簽收了。

電文如下：

「自醫院溜掉的草字頭，改名葛可本搭聯航六六五將於三時離洛，今日下午四時半可達舊金山。消息來源機密可靠。白莎每三十分鐘冒火一次，有如黃石之信泉。諒已缺錢。自本人私蓄下電匯，請省用，無後繼。問好雪曼。愛茜。」

櫃檯小姐問：「請問有沒有身分證明？」

我把駕照和私家偵探名片給她。

「在這裡簽收。」她又說。

我簽字。她開始數出鈔票，三百五十元的二十元和十元面額鈔票。正是我目前最最缺乏的。

我看看錶，蓋蓋文的班機早已到了很久。我找出舊金山五個最大最好的旅社，準備一家家問有沒有葛可本住進來。第三個電話，就有了結果，葛可本已經住進了那家旅社。

我等她給我接通，等了一下，一個惱怒、憤慨的聲音說：「哈囉！」

我說：「為了夏茉莉的案子我要見你。我是洛杉磯來的一個私家偵探。我犯了警方不喜歡的事，他們在找我。我不要被他們找到，不要被他們問話。我要講話。」

蓋蓋文是出名少開口的人。

「上來，」他說，把電話掛斷。

我乘計程車趕到旅社。沒經通知直接走向「葛可本」的房間。

「進來。」我敲門，裡面說。

我猶豫著。

「門沒關，進來。」

我把門打開。房間裡像是空的。

我走進去，一個人也看不到。

突然，有人一腳把門踢上。一個壯得像猩猩的人站在門後，向我走近。

浴室門打開，一個黃疸樣外表的男人——顯然是蓋蓋文，走出來。

「手舉起來，」猩猩說。

我把雙手舉起。

他是個大而魁梧的人，耳朵像花菜，有虐待狂的樣子。他有效率地在我身上搜索一遍。

「沒有傢伙。」他說。

蓋蓋文說：「坐下來，你是誰，想幹什麼？」

我坐下說：「我想知道夏茉莉怎麼死的。」

「誰不想知道。」

我說：「我是個私家偵探，我在辦件案子。」

我把卡片送一張過去。

他瞄了一眼，把卡片推向一邊，又想了一下，把卡片拿起來，又看看，考慮一下，把卡片放進口袋。

「賴先生，你倒很有種。」

我不說話。

「你怎樣找到我的？」

「我是個偵探。」

「你沒有回答我問題。」

「想一想，就知道我回答你了。」

「我從來不想，你來想——你來說。」

我搖搖頭。

「我以為沒有人會知道，」蓋仔說：「既然被你知道了，我希望你告訴我漏洞在哪裡？」

我說：「我在這裡，所以漏洞一定夠大。」

「怎麼知道的？」

「我也不知道，我只知道我有內幕消息。他們知道我不會洩密的。」

他說：「你這小個子口氣滿大的。」

「這樣才能使你相信。」我說。

他大笑，說道：「我欣賞你的膽量。」

「謝了。」

「你有什麼困難？」他問。

我說：「和卞約翰．卡文——第二有關，他自稱是和夏茉莉一起離開的伴侶。」

「說下去。」

「沒有了。」我說：「說完了。」

他搖搖頭。

我說：「我的興趣是找出卞約翰．卡文——第二那一個晚上是怎樣過的。」

「沒有人阻攔你呀。」

「沒有。」

「那為什麼不去找呢？」

「我現在就在找呀。」

「這裡，幫不上你太多忙。」

我笑笑，點上支紙菸。

保鏢看看蓋仔，想知道他該把我從窗裡摔出去，還是門裡踢出去。

我把火柴搖兩下吹熄，我說：「年輕的卞先生說，他帶了夏茉莉到一家夜總會，她去休息室，再也沒見出來。」

「你聽起來合理嗎？」他問。

「不合理。」我說。

「說下去。」他鼓勵道。

我說：「照我的看法，夏茉莉和一群人出去，這群人是有計畫、有目的的。他們是保護監視她的。只有卞約翰，他以為他神氣地從一群辦公室來的會計員、辦事員那裡帶了個小姐出來了。根本不是那麼回事。」

「再把你的看法說出來——快。」

「所以，」我說：「我不願意見到卞約翰為了他沒有做，不可能做的事受到傷害。我認為你到這裡來，主要是為了問他話。」

蓋仔蓋蓋文哈哈大笑。

我不再說話。

「說下去呀。」蓋仔說。

「我說完了。」

「門在那邊。」

我搖搖頭說：「我要知道你是否要詢問小卞先生。你要不要調查他？你來這裡是否這個目的？你……」

「留點力氣回家替小孩換尿片。」保鏢說。

我安安心心坐在那裡。

蓋仔向他點點頭，保鏢向我走來。

我說：「我的情況極可能能幫你忙。」

「等一下，」蓋仔對保鏢說。

「不過不是現在，」我告訴他：「以後。」

「多久的以後？」

「我找出一個男人為什麼自願往油鍋裡跳之後。」

「為什麼往油鍋裡跳？」

「只有一個理由──想從火坑裡跳出來。」

「什麼火坑？」

「這就是我要找出來的。」

「你找出來的時候，至少你的手已經燒焦了。」

「以前又不是沒燒過，這次我會戴手套的。」

「我沒有見到你有手套呀。」

「為了到這裡來，我留在家裡了。」

「我相信。」

蓋蓋文考慮了一下，說道：「你其實不明白，我對大的約翰有興趣。」

「他說的故事，應該使你對他有興趣。」

「他的故事靠不住。」

「你不相信他說的？」

蓋仔說：「你的毛病是太輕信人了。有人說他走進獅子籠裡，從獅子口中搶下一塊馬肉，又踢了獅子一腳，你就急著去問獅子有沒有這回事。」

「你是那隻獅子嗎？」

蓋仔看向我說：「你問太多問題，我對你沒什麼興趣。該說的都說了。現在給我滾出去。」

保鏢把門拉開。我走出去。

從電梯下樓，我一再猛想。卞約翰．卡文——第二，一定要選中了一件他可以擺脫的謀殺案，否則他會混進另一件他無法擺脫的謀殺案裡去。

在舊金山，在那一天，並沒有謀殺案，但我一定是什麼地方有遺漏了。我應該調查失蹤人口。我決定查一下，什麼人在星期二晚上失蹤了。

我打電話給舊金山我們偵探社的業務關係人，他也是一家偵探社的老闆。我告訴他我現在不能出面，但要他查失蹤人名單，特別是上星期二晚上，叫他帳單可以開往洛杉磯我們公司。我告訴他我會再打電話問他結果。

第十一章　女人的直覺

晚報消息省了我向業務關係人拿報告的手續。我看了報紙就有了答案——也許又是我以為有了。至少這是我唯一找到的答案。

彭喬篪，一位有錢的礦商，星期二晚上離開舊金山，去他在加州北方的礦場。

他沒有到達。

報上說，今日較早，他的凱迪拉克房車被發現在離開庇它里馬上坡的叉路旁。駕駛右座有血跡。擋風玻璃內面有血濺斑點。

現場調查的警官認為車子停在當地至少已有五天的時間，也許更久。一般猜測彭喬篪是在星期二晚上遭到搶劫了，極有可能是他在路上讓不合適的搭便車者上了車。一個或兩個以上搭便車者殺了他，搶了他。

據知彭喬篪在業務旅行時喜歡身邊帶大量的現鈔。這一次，他準備開幾乎一夜的車，在週三一早到他喜施凱育郡的礦場。

行李箱中，警方找到一個旅行箱和一個皮製手提袋，都是最昂貴的名牌貨，裡面是彭喬篪私人衣著和梳洗用具。彭太太已經看過確是她先生的東西。

警方目前正在汽車附近地區展開搜索，希望發現彭喬篪的屍體。從血濺的位置看來，他是被坐在後座的人開槍，用槍彈打死的。這使警方認為彭喬篪在路上不止讓一個便車客上車。他們認為只有一個便車客，會坐在前座。兩個以上，才會有人坐後座。

自血濺的狀況，警方不能確定是否有兩人被殺。至少有一位專家認為坐在駕駛右座的人，即或沒有被殺，也是傷得十分嚴重。

由於附近找不到彭喬篪的屍體，警方認為暴徒把屍體處置後，一定又把車開了一段路程，所以警方正在重新組合彭喬篪當天所走的路程。

搜查最嚴密的當然是主要直通的公路。想像中暴徒作案後一定想盡早拋棄屍體，然後才會開入少用的側路，再轉下車子最後被發現的狹路。暴徒不會有膽量載了屍體開太久的車，這是可以想像到的。

報紙刊登了一張彭喬篪太太在指認旅行箱的照片。彭太太是個非常漂亮的女人。從報紙上的姿態看來，要不是她已經渡過了「震驚」和「悲愴」期，想到自己的形象十分重要，就是照相的人太懂得如何找鏡頭了。

地址是在白克萊，我決心自己去看一下。白莎管制我開支。我必須節省愛茜借我的私蓄。我搭巴士前往。巴士在離開我目的地三條街外放我下來，我走過去的時候，發現有兩輛「公家」味道很重的車子，停在屋子前。我等了幾乎半個小時，在附近徘徊。

這是一幢獨立的大房子，佔了一塊坡地的一側。望出去還有自己的游泳池，有一個後院，本來也許是低地，無數噸壓碎了的大石頭墊在裡面。

我估計這是七萬五千元左右的地產，而且花了更多在造房子上。

半小時之後，最後一輛車也離開了他家車道。當那輛車轉彎自視線中消失後，我大模大樣地走上門前的梯階，按門鈴。

一個黑女傭來應門。

我沒時間浪費，我用左手無所謂地把衣領翻一下，說道：「告訴彭太太我要見她。」一把她推向一側，自己連帽子也不脫，走了進去。

女傭說：「她目前已很累，要休息了。」

「誰不想休息了。」我說，帽子還在頭上，走過去一屁股坐在圖書室，胡桃木桌子邊上。

我非常明白，即使將來也絕不會有人說我在假裝警察。女傭可能會說：「從他樣子我認為他是警察。他自己沒說。他沒脫帽就進來了，除了警察還會是什麼？」警察更不會提我在偽裝警察了。

三分鐘後進入房間來的女人，確是累到反應不機靈了。穿的是簡單深色一件式的套裝，前胸很低的剪裁更強調了她乳色光滑的皮膚。她是個褐髮美女，碧眼，有好身材，二十餘歲，正是人生的花樣年華。

「什麼事？」她進房就問，連看也不看我。

「我要查一查你丈夫的工作夥伴。」

「早已查過一百次了。」她說。

我問：「他認不認得一個姓莫的？」

「我不知道，沒聽他說過——男的還是女的？」

「男的。」

「沒聽他說過什麼姓莫的。」

「姓卞的呢？也是很少的姓。」

我感覺她眼中閃爍著驚嚇的表情，但用相同的平靜、疲乏的聲音說：「卞——很熟，我想我丈夫也許提到過。」

「能告訴我他這次旅行的性質嗎？」

「這一點說了兩百次了呀！」

「沒對我說過，我也要聽聽。」

「你的興趣是什麼？」

我說：「我想破案。我想早點使你不再受騷擾。」

「是不是有案要破，還不一定。」她說：「他們還沒有找到……找到任何支持他們想法的證據。其實也許有特別目的，他自己也為此躲了起來。」

我等她眼光自地毯向上看，然後才問：「你當真有這種想法嗎，彭太太？」

「沒有。」她說。

她眼光又要低下去了，然後抬高看向我，這次我看得出她從糊裡糊塗中掙扎出來了，腦子清楚了。「你問吧！」她說。

「他在北方有個礦場？」

「在喜施凱育郡。」

「賺錢的礦場？」

「我對生意一竅不通。」

「他星期二離開的？」

「是的，傍晚七點。」

「相當晚了啊！」

「他想整夜開車。」

「他有讓人搭便車的習慣嗎？」

她說：「你們問來問去都是一樣的。你到底是什麼人？」

「我姓賴。」在她來得及研究之前，趕快又給她一個問題：「離開之前他給你說了些什麼沒有？」

她沒上我這個當，她把兩眼盯著我。「賴先生，你的頭銜是什麼？」她問。

「同花的ＡＫＱＪ，另外一張不隨便見人。你先生經常不在家嗎？」

「我是問，你在警方是什麼職位？」

「零點零零。彭太太，假如你肯回答問題，不要老問問題，我們可以早些結束。」

「假如你回答我問題，不是問一大堆問題，我們可以更快結束。」她生氣地說，變得十分警覺：「你到底是什麼人？」

我看得出我不回答她這個問題，已經不可能再問出什麼來了。我也不要她以為我在兜圈子，我說：「我叫賴唐諾，是個私家偵探，從洛杉磯來。我在辦件案子，認為你的事可以有所幫助。」

「幫助誰？」

「我。」

「原來如此。」

「也可以幫你。」

「怎麼幫法？」

我說：「看你那麼漂亮，一定不笨。」

「謝了，少來這一套。」

我說：「你丈夫很有錢。」

「又如何？」

「報上說他五十六歲。」

「沒錯。」

「你是第二任的？」

「暫時同意你是對的，」她說：「請你滾吧。」

「該有保險吧，」我接下去說：「假如你認為警方不會想到你有一個年輕愛人，你希望你無味的中年丈夫走路，讓你可以和年輕的雙宿雙飛，那你真是木頭腦子了。」

「我懂了。」她說：「你是私家偵探，想恐嚇我，讓我用高薪來聘你？」

「又錯了。」

「什麼目的？」

「我的確是在辦另一件案子。我認為要解開那另一件案子，可能和你丈夫有關，或者是和你丈夫出了什麼事有關。你有興趣嗎？」

她說：「沒有。」

但是她一點離開房間的意思也沒有。

我說：「假如你有顧忌，不要留在這裡和我對話。尤其不要回答我的問題。電話在那邊，有任何不安可以請你律師來，除了律師之外，連警察問你問題你也不必回答。」

「假如我心中沒有任何顧忌呢？」

「假如你心中沒有任何顧忌，你不怕警方找出你有任何毛病，你可以對我說，我可以幫你忙。」

「我沒有毛病，也不需要幫忙。」

「那是你的樂觀看法。有空看一下布察教授做的『冤獄大觀』，看看他收集的六十五件冤獄。老實說可能還只是九牛一毛。」

「我沒時間看書。」

「你就會有時間了。」

「你什麼意思？」

我說：「我認為你會去坐牢。」

「你又在用低級的方法恐嚇我了。」

「是的。」我承認。

「你假如不是為錢，是為什麼呢？」

「我要資料。」

「但是，是你自己說叫我什麼也不說的。我應該找個律師。」

「假如你有罪的話。」

「賴先生，你還想知道什麼？」

「另外一個怪姓，蓋，聽你丈夫提起過嗎？」

這一次，她眼中閃爍的絕對是恐懼的眼光，但臉上立即變成撲克臉孔。「姓蓋的。」她慢慢地說：「我什麼地方聽到過這個姓。」

「你丈夫和你說起過一個姓蓋的嗎？」

「沒有，我想他沒有說起過。我們不太談論生意。我真無法確定他是不是認識一個姓蓋的。」

我說：「我提起姓莫的時候，你問是男的還是女的。在姓蓋的問題上，你一味否認，但是沒有問到底是蓋先生、蓋太太，還是蓋小姐。」

「或者是蓋家小弟弟、小妹妹，是嗎？」她揶揄地說。

「正是如此。」

「我服了你了，算我怕你，我不準備浪費時間了。」

「我認為目前為止，我們處得不錯。」

「沒什麼好。」

「等你發現，這種方法掩飾你對我提出姓蓋的問題，沒什麼用後，我們可以親切一點，真正談些問題。」

碧綠的藍眼仔細看了我四五秒鐘後，她說：「是的，賴先生，他認識蓋仔蓋蓋文。我不知道交情多深，但他提起過蓋先生。當他從報上見到蓋蓋文在洛杉磯被槍擊時，他十分十分擔心。我知道。他不要我見到，但我知道。現在我回答你問題了，還要知道什麼嗎？」

我說：「蓋蓋文有沒有到這裡來找過他？」

「我聽到他說起蓋蓋文名字，我知道他認識蓋蓋文。事實上，我不知道他何時被槍擊的。我來看……是星期二，在我丈夫失蹤之前。他在看報，突然吃驚地叫起來，幾乎絕望地叫起來。」

「我們是在吃早餐。我抬頭看他，以為他吃了什麼。他咳嗽，伸手拿咖啡杯，好像吞口液體，繼續咳嗽，假裝哽住了。」

「你怎麼辨？」

「我隨他假裝，走過去拍他的背，過了一下他不咳嗽了，向我笑笑說是一塊吐司吃哽了。」

「你知道他在說謊？」

「當然。」

「你怎麼辨？」

「等他去上班了，我把報紙重新摺成他假裝哽住時的位置，看報上的標題。只有這一項特別的。一個洛杉磯的兇徒，蓋蓋文，被人槍擊了。我想不出這種新聞和喬篦有什麼關聯，但我把它記住。報上說蓋仔會恢復的。

「我只知道整個星期天、星期一，他非常不安，心裡有事。當星期二他對我說要去礦場，我知道一定和他這兩天的心事有關。

「賴先生，你要瞭解，這一切我都沒有證據。只是女人的直覺。我連為什麼要告訴你這一些，我自己也不明白。」

「也許我說對了。」我說：「你真的有一位年輕的愛人。所以你希望案子能早點破。免得警方在裡面亂攪。」

她說：「我不知道你是怎麼說話法的。你會說些話，正當我要甩你耳光的時候，你又說一些自己逃得掉的話。也許——我覺得——你很誠實。」

「好吧，你還沒有回答我事實。」

「沒有，賴先生，你錯了。我沒有年輕的愛人，我也不怕警方亂挖我現在的事。」

「過去的呢？」

她眼光又看向我眼睛說：「那是我不喜歡的一部分。」

「有前科？」

「我不回答你這個問題。無論如何我已經耐心把能告訴你的都說了。因為我認為可能你走的路是對的。目前警方還沒有把指針指向我，但是早晚他們會的。而我要盡一切可能防止他們這一點。我丈夫星期六之前取消了我做他保險受益人的權利。」

「你沒有對警察說？」

「他們沒問我。」

我說：「說說這個在喜施凱育的礦場。」

「那礦屬於我丈夫幾個公司中的一個公司。他有很多公司。」

「礦到底在哪裡？」

「在賽德谷的什麼地方，是喜施凱育郡背面最荒涼的地方。」

「礦出了什麼事？」

她笑了，她的聲音有如有耐心的父母，她說：「礦裡有人工作。礦石從輸送帶送出來，裝上火車，送到熔煉廠。」

「熔煉廠也是你丈夫的機構之一？」

「他有控制權，是的。」

「之後如何？」

「他從熔煉廠拿支票，那是付他礦石裡熔煉出來的金屬。」

「價值很大？」

「應該吧，我丈夫很賺錢的。」

「哪位是你丈夫的會計師？你丈夫辦公室在哪裡？」

「沒有，我丈夫在這世界上沒有傳統的辦公室。他是個做礦的。他的辦公室在他帽子下面。他的帳由一個管付所得稅的人管——一位張赫德，電話簿裡有。」

「還有什麼你認為有用的，可以告訴我嗎？」

她說：「有一件事，我丈夫是十分十分迷信的。」

「在哪一方面？」

「他絕對相信命運。」

「多數做礦的人都如此。」

「但是我丈夫有個特別的迷信。不管他開發、關閉多少礦場，其中一個，通常是最好的一個，一定要叫『源發』，『源發』也始終存在。」

我想了一下。舊金山就有個地下賭場叫做源發的，不知道她知不知道，又不知道她先生知不知道。也許有一晚他在賭場大發利市，他認為這個名字對他礦業也會有利的。

「還有嗎？」我問。

「是的——是可以說還有。」

「說說看。」

「我丈夫星期二晚上離開的時候，他知道他會有危險。」

「你怎麼知道？」

「他以往對於必須留下我一個人，老是有些憂懼的。」

「為什麼？」

「我也一直想找出原因來。大概因為他那麼老，我又那麼年輕——我想在這種情況下，男人佔有慾會強一點——我們就說他是懼怕好了。」

「所以如何？」

「所以他強調他留一支槍在五斗櫃裡。他曾經仔細地教過我，怎樣使用它。」

「說下去。」

「星期二離開的時候，他把這支槍帶走了。這是第一次他出去旅行帶槍。」

「但是，他準備整晚開車，不是嗎？」

「幾乎是整晚。」

「那他帶支槍不算過份呀。」

「他以前一個人晚上不知開過多少次車。但從未帶過槍。這支槍一直是給我用的。」

「你丈夫告訴你他把槍帶走了嗎？」

「沒有。」

「你又怎麼知道它不在了呢？」

「因為在他走後，我看過抽屜，槍不在了。」

「本來是在裡面的？」

「至少兩天之前，我是知道的。」

「你不知道你先生是把它放行李裡，還是帶在身上？」

「不知道。」

「你看過旅行箱裡的東西？」

「是的。」

「怎樣看的？在哪裡？什麼時候看的？」

「他們把我帶去庇它里馬。車子被扣在那裡。」

「是你丈夫的車子？」

「是的。」

「白克萊警方湊什麼熱鬧？」

她說：「別傻了。警方在調查每一個角度。假如像你所說我有一個年輕男朋友，要把彭喬篪殺掉，那麼這個陰謀是在這裡進行的，我的男朋友也是在這裡的。所以白克萊警方要介入。表面上他們好像是和蘇諾瑪郡行政司法長官合作而已，但是我知道他們心裡在想什麼。」

「旅行箱如何？」

「就像我整理它時一樣，沒有動過。」

「你丈夫旅行的時候，由你整理的行李？」

「這是我和他結婚後，我自認是我責任中該做的事之一。」

「你們結婚多久了？」

「大概八個月。」

「你怎麼碰到他的？」

她笑笑搖搖頭。

「你見到彭先生時，他是不是鰥夫？」

「不是。第一個彭太太還在。」

「她怎麼了？」

「他出錢叫她走了。」

「什麼時候？」

「在她開始——開始懷疑之後。」

「有離婚？」

「有。」

「有判決？」

「當然，我說過我們是正式結婚的。」

「這種險你是不會冒的，是嗎？」

她看向我的眼中，「換了你，會嗎？」

「我不知道，我只是問問。」

她說：「我早把一切看清楚了，我走進這一局是張了眼走進去的。我也下了決心，假如他對我守信，我決不負他。」

「他對你守信了嗎？」

「是的。」

「你嫉妒過？」

「沒有。」

「為什麼？」

「沒什麼可以嫉妒的，即使有，我也犯不上為了沒結果的事白白增高血壓。這種事早晚無法避免的。」

「好吧，」我說：「我還會來看你。」

「多久之後？」

「我還不知道。」

她說：「我告訴你，這些警察會二十四小時守著這房子的。他們覺得案子裡有什麼不對勁。他們表面對我很好，暗中在看喬篪會不會偷溜回來，或是其他人會到這裡來看我。」

「這樣說來，」我說：「他們已經注意到我進來了。」

「多半，」她說。

「你的電話，他們也會竊聽的。」我告訴她：「你說你丈夫的東西就像你裝起來時一樣，沒被動過？」

「是的。」

「他一件也沒有拿出來？」

「沒有。」

「也沒有別人搜過？」

「你什麼意思？」

「沒有人搜查過箱子和皮旅行袋？」

「我認為沒有。」

「警察會不會知道，你已經知道他們想搞什麼鬼。」

「我不知道。」

「他們有沒有問你——你的婚姻生活？」

「有問，但並不是這一方面。」

「你丈夫身邊帶了多少現鈔？」

「他經常在一條錢帶裡帶幾千元現鈔。」

「還有其他什麼對案子有關的事嗎？」

「除了已經告訴你的之外，沒有了。」

「謝謝你。」我說。開始走向門口。

「你不會把我說的事告訴——告訴警察吧——有關蓋蓋文的事？」

我搖搖頭。

「其實，」她說：「這些也只是疑心，不著邊際的疑心。」

「是的。」

「但是，我認為是有道理的。」

「我也這麼想，」我告訴她，走出門去。

第十二章　遊艇上的屍體

我想卞約翰．卡文——第二至少花了兩整天的深思，才能想出這個出錢僱我們去發現「不在場證明」的辦法。

但是警方只用了兩個小時，就把它打成粉碎了。

收音機最後一次新聞廣播，洛杉磯警方因為對卞約翰在夏茉莉謀殺案裡的不在場證明稍有起疑，所以請舊金山警方調查證實一下。

舊金山警局就展開調查。

首先調查的當然是卞約翰出錢請私家偵探社「替他找到」的兩位小姐。

一位小姐已經購了整套新裝，到南美度假去了。暫時找她已有困難。另一位二十三歲的杜雪曼，是當地一家美容院的修指甲師，一開始尚想堅持她的說法，但是警方給她看星期二其實她是在舊金山的證據，她只好承認整個不在場證明是假的。杜雪曼供出她和她朋友接收銀行家之子提供她們的金錢，替他做星期二晚上的不在場證明。

她聲稱她並不知道其中理由。

卞約翰．卡文——第二誣稱她在說謊，是故意要叫他受害，但是警方則認為杜雪曼的故事是正確的，而卞約翰則自己被自己設計的傑作綑住了。卞約翰．卡文——第二是舊金山名銀行家之子，因而成為夏茉莉謀殺案的第一號嫌疑犯。

我已經脫了衣服，倒在廉價旅館硬板床上準備睡覺了，但是聽到了這個廣播，我又起床，穿衣服，叫了輛計程車，到了卞家住宅，在附近下車。

房子裡燈光都亮著。很多車子在房前停著。有的是警車，有的屬於記者。我注視門口的動態，不時還可以見到窗裡傳出來的強光閃動。那是攝影記者在拍照。

我在遠遠暗處守著，等所有車子都一一離開。

我不知道還有沒有警察在窺視這地點，但是我必須冒這個險。我進後巷，摸進了車庫，試試後門。

是鎖著的。

我用口袋裡的小刀，知道了鑰匙仍在門內的鑰匙孔裡插著。門下面有一條很寬的門縫。車庫裡有一個木架櫃，裡面放了很多自己做的果醬。我把櫃門打開，果醬瓶拿下來，下面有較硬的馬糞紙墊在木架上，我取下一大塊馬糞紙，塞進門下面的縫裡去。我用小刀把在門裡面的鑰匙頂下來，落在厚的馬糞紙上。

我慢慢地把馬糞紙向外拉，把鑰匙帶了出來。

我用鑰匙打開後門，小心地把鑰匙插回門裡方向，把馬糞紙放回架上，把果醬瓶放回馬糞紙上，把木架櫃門關上，走過無人的廚房，走向房子有亮光的部分。大的餐廳裡沒有燈光。另一面圖書室裡有微弱的燈光和大而舒服的沙發。通圖書室後面小房間的門關著。兩個男人在裡面，我可以聽到低低的說話聲。

我站了一陣仔細聽著。

顯然卞約翰．卡文——第二和他父親正在進行極低聲的商談。

我聽不清他們在說什麼，我也沒試。一種衝動使我想開一個玩笑。

我選了一張遠離房間中央，很深、很舒服、很高背的讀書沙發椅坐下。等著。幾分鐘後，年輕的約翰和他爸爸走進房間。

我聽到年輕的約翰向他爸爸說些事情，但沒搞懂他意思。他父親明確地反對，然後我聽到年輕的約翰說：「……這個混蛋的，騙人偵探。」

我一動不動說道：「我告訴過你，你就像一個病人，到醫院去，不是看病，只是要打盤尼西林。」

我看不到他們，但是突然的靜默，使我知道他們僵住地站在那裡。我聽到做父親的說：「是什麼人？搞什麼鬼？」

「你們陷入困境了。」我告訴他們：「我是來看能不能幫你們忙的。」

他們發現了聲音的來源。

做兒子的跑過桌子，來到我前面。

「你這個混蛋騙子。」

我點燃一支香菸。

年輕的卞約翰威脅地向我走前一步。「賴，你這混蛋，我至少要讓你知道……我要——」

「等一下，約翰，」他父親有權威地說著。

我說：「假如你們兩人一開始就說老實話，要我們接手姓彭的案子，我們可以省很多時間。」

年輕的約翰鼓足氣的胸部，握緊的拳頭，突然像刺了根針進去一樣洩了氣。

父親在問：「你說姓彭的案子，什麼意思？」

我說：「彭喬篪不見了。你的兒子在找不在場證明。我現在知道一定是為了彭喬篪。要不要說實話，隨你。」

「什麼話也沒有。」年輕的說，恢復了一點偽裝：「你怎麼進來的？」

「我走進來的。」

「怎麼走進來的？」

「從後門。」

「又說謊，後門是鎖的。」

「我進來的時候沒鎖。」我告訴他。

「約翰，去看看，」父親低聲有力地說：「要是沒有鎖，給我好好的鎖上。我可不要再有人隨便進來。」

兒子猶豫了一下，說道：「我知道是上鎖的，爸爸。」

「去看清楚，」父親乾脆地說。

兒子自餐廳出去，走向廚房。

我說：「他的麻煩可大了。也許我能幫他忙——不知時間還來得及嗎？」

他想對我說什麼，想了一想決定等一下。

等了一下，兒子回來了。

「怎麼樣？」

「鑰匙在門上，也許我沒有鎖上，但是我真的記得僕人們走了之後，我親手上鎖的。」

父親說：「我們還是先談一下，約翰。」

「要是賴沒有向警察多嘴的話，我們不會變這樣的。」約翰說：「我們——」

「約翰！」老人決斷地說。

約翰不再說話，好像老人抽了他一鞭子似的。

書室裡有幾分鐘的寂靜。我吐著煙，且不論我裝作多鎮定，我手在抖，手心在冒汗。我只希望沒有人注意到。我要是不努力向前游，我就會沉下去。假如他們報警，我就完了。這次當然是勒索。警方會關我起來。

「約翰，你和我先談一下。」父親重複道，逕自先進了小房間。我一個人被他們留在書房裡。

我強制自己不要嚇跑了。現在籌碼都進了桌子了，我開始懷疑自己手裡的牌了。假如他們決定報警，我就死定了。假如他們不報響，我要接手的案子是完全無望地被混得一團糟，破解的希望是極渺茫的。

舒服的沙發椅子有如死刑室的電椅。汗珠不斷自額頭和手心冒出。我對自己的沉不住氣非常不滿意——但是汗珠還在不斷地冒出來。

老人家走回來，找張椅子坐我前面。他說：「賴，我想我們準備信任你。不過有一點我們先要澄清。」

「哪一點？」

「我們要證明，這次警方對我兒子不在場證明產生懷疑，不是來自你們偵探社的建議。」

「別幼稚了。」我澀澀地說：「你的兒子花了不少錢，目的是要建立一個不在場證明。這個不在場證明脆弱得像張衛生紙，站立不起來。我知道它行不通。他自己也該知道行不通的。我一直在想找出來，他為什麼急需不在場證明，以便給他正當的保護，免得他夢想靠不住的不在場證明。」

「但是結果如何？我得到的是，五百元獎金泡湯。警察以為我是勒索犯，到處在找我。我私家偵探執照可能吊銷。我的合夥人怕死了，吵著要拆夥，而且已經通知銀行，止付一切我簽的公司支票。」

「我不願拿了你孩子錢，拍拍手走路。我希望給他些有用的建議，結果換來的是這種情況。」

「現在，你清楚了沒有？」

卞約翰．卡文點點頭，勉強同意道：「謝謝你，賴先生。你已經回答我的問題了。」

我說：「你們兩位已經浪費了三四天時間，外加幾千元錢了。你們試圖用你們的方法解脫自己的困難，現在穿幫了，把你們泡在熱水裡了。現在我們來重頭開始。」

「你對姓彭的事，知道什麼？」卞約翰問。

「不多。我知道的都從報上看來的。」

「報上沒有提我們。」

「報上沒提。」我說：「但是你們為了上星期二晚上花了很大勁，要建立不在場證明。警察知道，我知道。問題是，為什麼？起先我認為是撞車逃逸。現在我知道，要比撞車逃逸嚴重得多——」

「警察不知道星期二晚上有什麼謀殺案件，所以我開始看，有沒有發生警方尚還不知的謀殺案件。」

「你找到什麼？」

「我找到彭喬篪。」

「你找到他？你說你找到——」

「沒有，」我阻止他說下去：「別想錯了，我發掘出彭喬篪案件，我去看過彭太太。」

「她說什麼？」

「我問她，在這件案子裡有沒有牽連到一個年輕情人，也問她是不是決心把丈夫除掉。我認為你兒子是如此混進去的。他不能有醜聞，他又要那個女人。」

「她怎麼說？」年長的約翰問。

「正如你所想的。」

「也許我所想的，和你想我在想的不同。」

「我換一種說法，她的回答，正如我所想的。」

「你等於沒有回答我問題。」

「我也等於沒有得到答案。」

他停下來仔細看著我，然後道：「你現在反而小心起來了。」

我說：「你站在我立場試試。」

他又想了想。

「讓我問你兒子幾個有關彭太太的問題，看看他會怎麼說。」我說。

「賴，你又走上一錯再錯的路上去了。」他說。

在這種情況，保持靜默是最好的武器了，所以我什麼也沒說。

卞約翰清清嗓子：「賴先生，我要告訴你一些事，但是要絕對保密。」

我只是吸了一口菸，表示回答。

「這件事，對我來說，非常難於處理。」卞約翰．卡文說。

「說輕了一些。卞先生。」我說：「到底星期二晚上發生了什麼事？」

「不是我親自經歷的，所有我知道的，都是我兒子告訴我的。」

「他說些什麼？」

「我們有一艘遊艇。」他說：「一艘很豪華的六十五呎、有房艙的遊艇。我們叫他『約翰小子』，它不出海時一定停泊在海灣裡入會限制最嚴格的一個遊艇俱樂部碼頭上。」

「說下去。」

「星期二，我兒子說服了杜雪曼，叫她向她服務的美容院說她頭痛，今天不上班。實際上她陪我兒子上了船。

「他們兩個在一起一整天，直到下午四點鐘才從海上回來。我兒子送她回家。

「我兒子在她家裡飲了幾杯酒，離開。他知道我不喜歡他和雪曼鬼混，知道我更不喜歡他用船帶她出去，所以他有點怕見我。

「他走了好幾個地方，再喝點酒壯壯膽；然後自以為可以想些辦法使我不會知道他用過船了。

「有了這種想法，他又去遊艇，預備換了衣服，在船上整理整理，好像他在船上花了不少時間。

「為了要使你真正懂得以後發生的事，賴先生，我需要告訴你一些我參加的遊艇俱樂部的規定。」

「講吧。」

「我的遊艇俱樂部設計上就是不歡迎觀光客來參觀的。當然更不歡迎一般大眾爬上我們船來亂踩。他們不懂我們對遊艇要多愛護。遊艇不是打魚的船。鞋後跟的鐵釘對高貴的遊艇油漆甲板就是天生的剋星。」

我說：「你是想告訴我，你船停靠的遊艇俱樂部，閒雜人等是進不去的？」

「真是如此。」

「懂了，說下去吧。」

「凡是靠陸地的地方，都有鐵絲籬笆。鐵絲網最上面三格是帶刺的鐵絲，而且那一部分柱子向外斜著伸出，幾乎是沒有人能爬進來的。」

我點點頭說：「說下去。」

「俱樂部只有一個門。一定有個值班看門人，登記進去和出來的人。除了安全的原因外，主要還是讓值班的知道到底哪一位還在裡面，有電話來可以接進去。」

「換句話說，你一走進去，值班的看門人會記下你什麼時候進去？」

「進去、出來都要登記，有如大樓下班後的簽到簿。」

「這樣做，有的時候不是會使遊艇主人不方便嗎？」

「三流遊艇俱樂部的會員可能，但是這是個貴族化、保守的俱樂部。想在船上開狂歡宴會的會員我們也不歡迎，希望他們去別的地方。」

「好吧，發生什麼事了？」

「說回到星期二黃昏，我兒子去俱樂部，因為打算做成他整天在船上工作，所以他趁值班的守門員轉身打電話看不到他的時候，他溜進門去。有一道電眼的防盜裝置，只要有人走向大門口，一踩到平台上，電鈴是應該會響的，但是這一次，不知為什麼失靈了。我兒子走去遊艇沒有一個人見到他。沒有一個人知道他在裡面。也絕沒有人能證明他曾經進去過。這一點你一定要替我記住。賴先生。」

「好吧，之後又如何？」

「我兒子上了船，打開門，進入主艙時——他發現自己陷入了險境。」

「什麼險境？」

「彭喬篾的屍體躺在地上。他是被槍殺的，而且死亡的時間應該是我兒子登艇前一小時左右。」

我努力消化這件消息，冷汗又開始流出來，手掌又濕了。我現在真混進去了。一件標準的謀殺案，而我和姓卞的兒子又搞不清楚——假的不在場證明等等。

「我的兒子立即做了決定，」卞先生繼續說下去：「這不是一個值得讚揚的決定，但是，既然已經如此做了，我們必須接受這個事實，無法反悔了。」

我沒開口，他懂得我的感想。

「老實告訴你，」老人怏怏抱歉意味地說：「你必須瞭解，我兒子以為這件事是我幹的。」

「為什麼？」

「我和姓彭的有些過節。」

「什麼樣的過節？」

「是經濟方面的。」

「你欠他錢？」

「老天，千萬別這樣想，我從來不欠任何人鈔票。」

「那麼是什麼樣的過節呢？」

「彭喬篪是個開礦的人。」

「他欠你錢？」

「是的，但是這不是癥結所在；他欠的對象是銀行。不是他個人欠銀行，而是他有大部份股資的擎天礦業開發公司欠的。」

「說下去。」

「其中詳情太多，要花太多時間才能說清楚。」

「趁我們現在有時間，可以說一下。以後，可能會沒時間了。」

「是個很長的故事。」

「那就長話短說。」

「彭喬篪是個特別的傢伙。在我做總裁的銀行裡，他是個存款極大的客戶。除此之外，他在很多不同的礦業開發公司有股份，這些公司的性質我們都不知道。事實上，我們愈調查這些公司的活動，愈覺得他神秘得離譜。」

「他欠你錢是怎麼回事？」

「正如我說過，他在好多個公司裡握有控制的股權，其他股權則是上市供大眾購買的。」

「有得到公司法人同意嗎？」

「當然，他出售股票是得到同意的。這些股票都是前景極被看好的股票，而且有很好的制度規定開礦的人不能把大眾的錢入私囊或轉作他用。但是，我們銀行最近一調查，發現這些公司之間，有一套特別的一貫作業方式，十分奇怪。」

「怎麼奇怪法？」

「他們的做法是這樣的：開發的本錢是從銀行借來的。開發工作熱熱鬧鬧了一陣子，開礦的工作就停下來沒有活動，變成——」

「借來款子怎麼辦？」

「到期就全部歸還了。」

「股東的錢呢？」

「這是最奇怪的部分，賴先生。這是我完全不懂的地方。」

「說說看。」

「部份股票賣給了社會大眾——不是很多。大多數股票是押在銀行裡，要等條件完成後才能交還的。當然，我自己在兩天前，我們調查最後報告到手才知道——有人慢慢的照原價把賣給大眾的股票收買了。」

「假如股票持有人不願意賣出呢？」

「凡是沒有買回來的……」

「等等，你說『買回來』，什麼叫『買回來』？」

「我們有各種理由相信，在外面收購的人是彭喬篪的代表。」

「就算是。對於不想出售的人，又如何？」

「他們會讓他繼續保持六個月到一年，然後再向他出個價。最終反正他不出售也變成廢紙了。因為這個礦已漸漸凋萎，終至不再活動了。」

我問：「這是什麼做生意的方法？什麼人來負擔它經常的開支？」

「非但如此，除了經常開支之外，股票賣出買進還得付佣金。他們對股票的推售並不十分熱心。分送一些印妥的計畫書，股票的出售全為郵購。一小部份股票出售後，所有出售股票的工作立即停止。等了一段時期，所有股票都想辦法買回來。」

「說不通呀！」我說。

「正是如此。」

「好吧！把這個擎天礦業開發公司說給我聽。」

「這又是另一件特殊的情況。這公司的組織本身是依照常規的。公司股票奉準依股票面值出售。規定掮客佣金為百分之十五，除此以外，所有的餘款都屬於公司的公款，在預期的開發目標沒有達到之前，任何開支都不可以從其中取用。」

「用什麼錢來達到預期的開發呢？」

「公司的規定，股票買賣由公司自行負責。百分之十五的佣金，加上公司各創辦人拿出的借款用來做原始的開發基金。」

「換句話說，股票持有人不必冒險原始開發的成敗。」

「你要如此說，也可以。」

「他們照規定做到了？」

「做到了。彭喬篪簽了支票，公司背書，上述的每一分錢都入公司的公款。把支票押在銀行。」

「支票多少錢？」

「兩萬五千元。」

「而後發生了什麼？」

「一件特別事發生了。公司的名譽受到了股票持有人的懷疑。據知教唆是經過密函的，但是大眾的反應很熱烈。證據顯示公款裡的股票有百分之五十脫手賣出去了，而且是公司大股東同意的。」

「這種現象在所有彭喬篪的公司以往是沒有過的？」

「沒有，絕對沒有過。」

「然後又如何？」

「然後，」卞先生說：「彭喬篪宣稱他沒有辦法湊出那張支票的錢。他把自己存在我們銀行的現鈔每一分錢都提了出來。他說他沒有錢軋這張支票，他說我們只好通知背書這張支票的公司出錢來平衡借款。」

「公司的公款哪裡去了？」

「用作開發費用了。賴先生。我不願再討論，因為這牽涉到我們銀行，會影響我們銀行了。」

「為什麼？」

「銀行做了一次廣泛的調查，資料的來源只可以對銀行公開，但是一般民眾是絕對拿不到的。由於這個原因，我不能再發表任何聲明了。」

「好吧，調查結果是什麼？」

「擎天礦裡開出來的礦石，裝上平板火車，一律運到彭喬篪的熔煉公司。」

「之後呢？」

「之後就是整件事情中最不能令人相信的事了。」他說：「礦石在廠裡搗碎後，拿來舖路、填坑、壓艙和做路基。」

「礦石老遠從山裡運出來，壓碎，負擔運費，只為了當普通碎石用？」

「正是如此。」

我說：「一定有什麼地方不對。」

「沒有地方不對。我們發現其實每一家他們開發的礦場都是依據這種作業方式，一次次重複的。礦石自山裡運出來，運到熔煉廠，在廠裡轉化成鋪路的材料。」

「換句話說，彭喬篪是個騙子。」

「我不敢直接如此說，至少我可以說他們做生意的方法，離開一般正常做生意方法遠得太多。」

「熔煉廠用這些礦石轉變為鋪路的碎石，要付礦石場多少錢呢？」

「數目是不一定的，」卞先生說：「一直付到礦業公司能付清銀行貸款的數目，然後公司就不活動了，再也沒有礦石運出了，貸款還清了，公司解散了。每一個股票持有人都有自決權，要不要收回他所有投資在這股票的本錢，把股票賣還給公司。他們也都沒有損失。」

「你當然去找背書這張支票公司的委員會，或類似組織了？」

「沒有，先生，我沒有。」

「為什麼？」

「因為銀行在這件事裡也要負某種程度的責任。我們銀行在審查這件事上，自然應該更審慎一點，但是因為彭先生總是在銀行裡存有大量的現款，而且他的戶頭很活躍，我個人看了表面的情況，就有些忽略常規了。」

「你發現了這個情況——然後如何？」

「我們請求彭先生給我們一個解釋。」

「你有沒有讓他知道你們發現的事實？」

「有很多是我們事後發現的——當然，太遲了一點。但是彭先生知道我們已展開調查。」

「星期二之前，你已經發現一部分事實了？」

「是的，但是上星期二，我們已經知道很多，使我們發生警覺，而且起疑了。」

「你請求彭先生和你碰頭，你要問他這件事？」

「是的。」

「你要他哪一天和你見面？」

卞約翰．卡文咳嗽。

「哪一天？什麼時候？」我問。

「星期二晚上。」

「哪裡？」

「我家裡。」

「好，我們說回到船上去。你兒子在船上發現彭喬篪的屍體，他怎麼辦？」

「他瞭解到幸好根本沒有人知道他在船上。」

「這都是什麼時候？」

「已經天黑了。」

「他怎麼辦？」

「他把衣服脫了。我們兩個人每人有個私人艙房，艙房裡有壁櫃，都有很多衣服在裡面。所以我兒子可以脫掉所有衣服，沒人會注意。」

「之後呢？」

「之後他穿上條游泳褲，把汽車鑰匙放在游泳褲口袋裡，把遊艇鎖上，溜到船舷，溜下水去。然後他靜靜地游泳，游過俱樂部的範圍，找一個有人在游泳的海灘上岸，好像有人黃昏游一下泳，再準備吃晚飯一樣。他單獨走向他停車的地方去，一路只有停車看海的遊客。他開車回家，洗澡，穿上衣服。」

「之後又如何？」

「我正好出去開一個業務上的會議，所以很不幸的，他只好坐著等我回來。」

「講下去。」

「我回家的時候，幾乎是十一點鐘了。」

「你怎麼做？」

「我兒子告訴我出了什麼事。我告訴他，他做的決定不十分高明，他應該立即通知警方。」

「我想你立即報警了？」

「我沒有。我決定讓遊艇俱樂部的看門人去發現屍體。」

「你怎麼辦呢？」

「我打電話給看門人，請他到我遊艇艙裡去拿一個手提包，叫他交給計程車送到我家。」

「怎麼樣？」

「我認為，只要他進我的主艙，他會見到屍體，他會報警。」

「他沒有報警嗎？」

「他沒有見到屍體。」

「你怎麼知道？」

「看門的人把手提包交給計程車，送到了我的手裡，就像我指示他辦的。我當然大出意料。我仔細問我兒子，他會不會錯上了別人的遊艇了，或者他看到了腦子裡在想的東西了？然後，第二天早上，我親自去我的遊艇檢查。」

「你見到什麼？」

「沒有一點跡象說遊艇上有過屍體，根本沒有人。一切就和我上次離開時一樣。」

「看門人怎樣進你船艙的？」

「他們有個保險箱，每條船都規定留個鑰匙在裡面，作緊急安全之用，譬如火警發生時，他們可救火或把船駛出去。」

「之後呢？」

「我兒子擔心了，因為他不知道這是怎麼回事。所以他認為先建立一個星期二晚上的不在場證明總不會錯。」

「你自己已經有了。」

「喔，是的。我是在和一個同事討論業務，他是銀行的董事。」

「把他的姓名、地址給我。」

「賴先生，你不會懷疑我有……」

「我不是懷疑，我是在調查。他叫什麼？住哪裡？」

「奚華圖，他是銀行董事之一，他辦公室就在銀行大樓裡。」

「俱樂部對上遊艇的客人，要不要登記的？」我問。

「不要，只是船東登記就可以了，但是客人的人數是要登記的。換句話說，門口的登記簿上看得出船東進去了，他帶的是幾個客人。」

我說：「好，我們現在去遊艇。你把我登記成一個客人好了。」

「但是遊艇我已經仔細看過了，賴先生，根本沒有半點跡象可以——」

「也許是沒有你見得到的跡象。但是假如真有過一個屍體在你船艙裡，而警方認為確有其事，他們會在你船艙裡發現很多你想不到會存在的證據。」

一陣自鳴得意的滿足飄過他的臉上，他說：「根本不會有，賴先生。」

「那是你在說。」

「賴先生，你期望會發現什麼？你想去看什麼？」

我說：「刑事調查最近的進步不是你想像得到的。幾個月之前地上的血跡，即使天天用肥皂擦拭，用試藥向地上一抹，以紫外線燈一照，仍清楚得像原始的一樣。」

卞約翰．卡文坐在那裡一動不動，我知道他在研究我說的話，他不喜歡。

突然，他在椅子中坐直，冷靜、有決心，以銀行家態度說：「很好，賴先生，我們現在去遊艇。」

第十三章 豪華的味道

東印度群島麻栗樹的木頭和桃花心木做出來的海上璇宮，憑它油漆發光的甲板和到處擦亮的黃銅裝飾，在海灣裡一面發出閃爍的亮光，一面靜靜地等待，等待週末到來的時候，也許它們主人帶它們到海灣裡遊蕩一下，或是出海到戴了白帽的浪頭裡去冒點小險。

有的太大了，需要一組船員專業來開它，有的不太大，但有的一切現代化設備，必要時即使遠行，一個人也可應付得了。

正如卞先生所言，他參加的遊艇俱樂部是高級的，除了船主外，根本其他人休想進入。圍著的不是鐵絲網，是不鏽鋼絲的籬笆，上面還有斜的帶刺鐵絲網向外斜出，大門口有一個平台，人站上去就發出電子蜂鳴聲。夜班看門人說：「晚安，先生。」恭敬地交給他一本簿子。卞約翰寫下他名字，在同一格另一行下，寫下客人一，看門人寫下時間。

看門人想說什麼，卞約翰簡短的止住他：「有空再說，小包。」帶我走下長的斜坡，聽到水拍在船邊的聲音，看到太陽在水上的反光，來到浮在水上的碼頭。

我們的腳走在碼頭上，木質碼頭下的空氣和水發出嘭嘭的迴音來。大氣中有一種冷酷怪誕的氣氛，我們兩個人，誰也沒有開口說話。

我們走到裝飾著麻栗木和黃銅，整齊、清楚、白色的船旁。上層艙房有方形的窗和厚的安全玻璃，下層的艙房都用一般的圓窗。

「就是這一艘，」卞說道：「請沿著墊子走，你的鞋子走這種甲板不合適。我來開艙門。」

我們上船，卞約翰把一把鑰匙送進掛鎖。向上升的木板門，開出了自甲板通往艙房的梯路。梯路上舖了橡皮墊，邊上用黃銅棒固定。電燈打開，船艙裡燈光明亮。

「就是這一間。」他說。

這間艙房是錢裝飾起來的，我體味著豪華的味道。

我的腳在地毯上移動，我覺得地下是原始森林裡乾淨的青苔。地毯上圖案的顏色，配到每一根毛線都十分清楚。掛在壁上的織物來自用手工製造的異國。椅子、圖畫，好的無線電——每一件都是設計時就是為了遊艇的房艙的。

「屍體當初在哪裡？」

「從我自我兒子那裡聽來的，他就躺在這裡地下。你看，連一點最小的污漬也沒有在地毯上留下。」

我用手和膝趴到地毯上。

「你不必如此小心。」他說：「地毯上最小的污漬也不會有。」

我站起來，繼續的徘徊著。我看到他在生氣。

「的確連最小的污漬也沒有。」我承認。

「你該學著相信我說的話。」他說。

「地毯上沒有污漬，」我繼續道：「因為地毯是全新的，而且才換上去不久。」

「你說什麼鬼話？」他說：「這裡的地毯從……」

我搖搖頭，伸手把一張椅子移開一吋。船上特重的椅子在很厚的地毯上留下四個很清楚的凹痕。

「這裡的地毯，」我說：「從椅子放上去之後的確沒有換過。」

「這是最好的地毯，它復原非常快，你看——」

「我知道，」我說：「但是絕不可能所有傢俱的腳痕都會完全看不出來。再說，你看這張艙壁上的照片，你坐在這艙房裡讀書，」我用手指向一張有框掛著的照片：「彩色照可能會影響地毯的顏色，但是圖案也不同呀，不是這一條地毯呀。」

他看向那照片，顯出了驚慌。

我繼續在艙房裡走動，看向角落，用手摸向不易看到的部位。

「卞先生，你看這裡，這裡有個痕漬，是用濕布抹拭過什麼的印子，而且——等一下，這是什麼？」

「什麼？」

「在這角上，離地二呎的樣子。」我說。

「我怎麼沒見到過。」他一面說，一面彎下腰來。

「我知道你沒見過，但是你最好現在看一看。」

「是什麼？」

我說：「這是一個小的圓洞，周邊有很特殊的黑圈圈著，大小正和一顆零點三八口徑子彈吻合。有一條很細很細的髒東西，附在洞裡的彈頭上，紅紅的、焦焦的，像是子彈帶出來的動物組織。」

卞約翰．卡文不出聲地看著我。

「現在，我請教你一件事，」我問他：「你說你在星期二晚上和彭喬篪有約會在你家見面，你怎麼會出去和奚華圖討論業務？你怎麼知道彭喬篪不可能到你家赴約了呢？」

卞先生看上去像是在他臉上潑了一桶冰冷的海水。他吞了一口口水，站在那裡，下巴下垂著。

就在這時候，我聽到外面有聲音。

是特殊的重重連擊聲，像是很多腳步造成的。漸漸地，說話聲也聽得到了，好像就在我們遊艇的邊上，但是船板是很厚的，所以我們能聽到的只是重重的男人聲音，互相在對話。

卞約翰．卡文爬幾步梯路，把頭上的船板向後拉。

「你是什麼人？」一個聲音說。

卞先生還來不及開口，我聽到看門人的聲音說：「這是卞先生，長官。卞約翰．卡文先生。他才進來上船不久。」

「要去什麼地方嗎？朋友。」重重聲音說。

「銀行家，卞約翰．卡文。」看門人的聲音又說。

重重的男聲說：「喔！」這回語氣不同了。

步履聲繼續向前。看門人落後一步向卞約翰解釋：「這裡發生了一點事情，先生。我剛才想告訴你，但是你沒有時間來聽。在『愛妮一號』上發現了一個屍體。因為臭出來，所以被另一班發現了。船主，你知道，度假去了。有人硬把鎖——我看這件事會有不少人知道了。但是，先生，俱樂部除了通知警察之外，沒別的辦法。」

「原來如此。」卞說：「船主不在舊金山嗎？」

「不在，先生。他去歐洲度假。船是鎖起來的。」

「沒借給別人？」

「沒有，先生。沒有。」

卞約翰不耐地說：「你走吧，不要煩我了。去幫警察忙好了。」他把船艙板關住，回進船艙。

他的臉色像死魚，拒絕看向我。

我說：「我還有很多工作要做，我必須快快地去做。我需要鈔票。」

他自口袋中拿出皮夾，打開，開始拿出百元大鈔。

我說：「你兒子止付了一張給洛杉磯我們合夥公司的支票……」

「我十分十分抱歉，」他說：「這件事現在弄清楚了，我立即修正，我會通知銀行——」

「不可以通知銀行，」我說：「支票止付過，就讓它保持止付。但是，你可以在給我的開支費裡加上五百元。」

「開支費？」

「是的，這件事的開支費會很大很大。你可以把五百元加在上面。」

他只是點點頭，繼續自皮夾抽錢出來。

看他皮包的厚度，我知道他是準備著這種緊急用度的。是逃亡經費，厚厚的一疊。遊艇上的彈孔、全新的地毯，把我要知道的都告訴我了。

第十四章 自己和自己交易

我有過一次幫過一個做掮客生意的一個大忙，這個忙，他不可能忘記，所以我在早上八點鐘打電話找他的時候，他急著說他會把一切放下，先為我服務。

我說：「我有一千三百五十元現鈔。」

「是的，賴。」

「我要你投資三百五十元在擎天礦業開發公司股票。」

「沒聽過呀，賴。」

「你找呀，找到就聽到了。你立即找，我要他股票，要快。」

「是的，另外那一千元呢？」他問。

「那三百五十元，」我說：「是卜愛茜的名字。我另外要一千元相同的股票，用柯賴二氏合夥公司名義。我要你找到這股票，我要你今天早上一定買到——」

「等一下，」他說：「我現在在看資料——等一下，有了。這是郵購的玩意兒。賴，要花很多時間才找得到持有人呀，而且——」

「沒有太多時間了。」我說：「公司的人把在外面的股票都收回去了。這種股票一定要押在銀行裡一年，這一年之內買的人隨時可以拿回原投資退出來，賣的人在一年內一定要達到某種開發目標。否則，公司也不能用這筆錢。」

「又如何？」

我說：「找到這些股票持有人，不論你用什麼方法，只說你願意給他合法利潤，要買股票。」

「可以出到多高？」

「可以出到票面兩倍的價格。這個價錢不行就算了。記住，這公司有一張支票要跳票。銀行還沒有採取行動，是因為彭喬篪是開票人的關係。現在他死了，銀行會採取行動了。所有股票持有人會知道的。萬一他們不知道，別忘了告訴他們。」

「好的，」他說：「我馬上開始忙起來。」

「要真忙才行，」我加強話氣。

「是的，立即辦。」

我買了晨報。故事在頭條新聞裡。

「礦業鉅子屍體發現於百萬富翁遊艇」

這是必然的道理，記者就喜歡這一類機會。

斐力勝，百萬富翁，單身漢，是遊艇的主人，正在歐洲度假。經查過去四個星期內，他絕未回過美國，而他遊艇的鑰匙除了有一把存在遊艇俱樂部保險箱外，根本沒有人有鑰匙可以上他船。經警察調查，發現他遊艇上原本的掛鎖經人用暴力弄斷了，事後另換了一把新掛鎖上去，所以看門人在巡視的時候，沒有發現異樣。

警方認為這個以礦業為生的人是在別處被殺之後，移屍到遊艇上來的，至於如何能移屍成功，則是一個大謎。

我在張赫德辦公室等他上班的時候，看這一段消息，看了三次。

張赫德的辦公室是個小巧合用的地方。門上漆著「張赫德，會計師。」我等的地方是他的接待室，實用舒適。女秘書是水蜜桃加奶油髮膚，加上藍藍的大眼，像個洋娃娃。

我進門的時候，她在看畫刊。畫刊是放在辦公桌抽屜裡的，看到我進去，她用身體把抽屜關進去，另外打開一個抽屜，拿出打字紙，放進打字機。我在等待的時候，她不是很熱誠地用打字機打文件。

我進辦公室是九點五分，我等了十五分鐘。張赫德在九點二十分進入辦公室。

「哈囉！」他對我說：「我能幫你做些什麼？」

「我姓賴。我想請教一些稅務事情。」

「很好，請進。」

他引導我到他的私人辦公室。

我一過門檻，外面的打字機聲音立即停止了。

「賴先生，請坐，我能替你做些什麼？」

他是個春風滿面的傢伙，穿著好，裝飾好，指甲是修過的，領帶是手繪的，衣服是訂製的，衣料是最上等的，鞋子看起來也是訂製的。

我說：「彭先生的財務，是你處理的，是嗎？」

他立即在我們之間建立了一道鴻溝。「是的。」他說，然後什麼話也不說，鴻溝距離拉長。

「他真不幸。」我說。

「是有一些神秘兮兮。」

「晨報看過了？」

「還沒。」他說，我立即知道他在說謊：「今天早上我在忙一件別的事情，所以……」

「再也沒什麼神秘了。」

「你什麼意思？」

「屍體已經在這裡一家遊艇俱樂部裡的一艘遊艇上發現了。」

「死了，真死了？」

「死了。」

「沒有問題他是死了？」

「沒有問題。」

「怎麼死的？」

「兩顆子彈，一顆崁在體內，另一顆完全通過腦袋。」

「太糟了。我真不願聽到這種事。但是，你說你找我有事要我幫忙？」

「稅務上的問題。」

「說說看，賴先生。」

「我想知道彭先生到底在搞什麼鬼？」

「賴先生，我不懂你什麼意思？」

「假如他的帳務和稅務都是你在管，你當然知道我什麼意思。」

「我不喜歡你的態度，賴先生。我先問你一下，你是代表官方來問我嗎？」

「不是官方的，是私人的，友善的。」

「你是什麼人？」

「我是從洛杉磯來的偵探，私家偵探。」

「賴，我實在沒什麼可以和你討論的。」

我說：「朋友，別那麼固執，事情已經發生了。你也不必假裝不知道。我知道你有份，但是不知道混進有多深？」

「我的確不知道你在說什麼，賴。我也不喜歡你說話的方式，我要請你走路了。」

我說：「彭喬篪有很多生意。他是聰明人。他要報稅，但是又不願洩露他進益的來源。所以他弄了一大堆礦業工作，其實都是假的。」

「彭喬篪這一生從來沒有騙過任何一個人。」

「我知道，他從來沒有過。他非常小心。假如他如此，他早就被捉住了。有人受騙還能不告狀？他從沒騙過人。他只是自己和自己交易，他有很多公司，每個公司都說有進益，把資金和股票轉來轉去。沒有人知道內幕是怎麼回事。但是真正的收益從何而來，他不想給人知道。據我研究，只有一個可能性。」

張赫德自桌上拿起一支鉛筆，神經質地在手中玩弄。他說：「我已經決定不再討論彭先生的事，除非是官方來問我！或是他的繼承人來問我。」

我說：「你必須和我討論，然而你尚須和警方討論。你也許尚不知道，朋友，但是你的確不易脫身，置於事外。」

「賴，你已經暗示了很多次了。我也告訴過你我不喜歡如此。我越來越不喜歡了。」他把椅子向後一退，自己站了起來。

他是一個身材勻稱，體育型的大個子，腹部稍肥一點點，但是兩肩是很寬厚的。

「滾吧，」他說：「再也別到這裡來。」

我說：「彭喬篪腦筋動得很快。他不請教你是不會行動的。而我看你這身打扮，絕不是拿薪水活得下來的。我認為你也佔了一份的。」

「好吧，」他說：「你是自己找的，你會自受其害的。」

他繞過桌子，向我走過來。

我坐著動也不動。

「給我滾。」他說，用他左手一把抓住我外套領子。

「起來。」他用右手大拇指翹起來，頂住我下巴。

這一手他是有經驗的，他知道頂住別人下巴什麼地方，別人不得不從椅子裡站起來。我很快的被他從椅子裡弄起來，他抓住我向門的方向走去。

「你自己找的。」他說：「自作自受。」

他伸直了手，抓住我，但離開我手所能及的距離遠遠的，他自己伸手去轉門把。

門把弄出聲音來。門外，我又聽到打字的聲音開始響起。

我說：「彭喬篪的謀殺案，你也許有不在場證明。你也許沒有。但是夏茉莉的謀殺案呢？你有不在場證明嗎？蓋仔蓋蓋文能放過你嗎？我去對他說——」

他的手從門把上放下，好像突然萎縮了。

他站在那裡，完全沒有動作，用冷冷的藍眼看著我，像是一條死魚。然後他放手，走回自己桌後，又拿起鉛筆，說道：「賴先生，你請坐。」

我說：「假如你不想自惹麻煩，你最好開始說話。」

「請你告訴蓋仔，茉莉的事我絲毫不知道，這是實話。」

我說：「擋住蓋仔的路，是不太聰明的。」

「我沒有擋住他路呀。」

他兩手向前一伸，把袖口露出來，兩手把鉛筆神經質地扭動，伸手自口袋拿出手帕，擦擦鼻子，抹抹額頭，把手帕放回口袋，清清喉嚨。

我說：「講吧。」

「茉莉的事，我完全不知道。」

「你能使法官相信嗎？」

「去他的法官，法官和這件事有什麼關係？」

我幸災樂禍地向他笑笑：「假如你擋住了蓋仔的路，蓋仔不會自己動手對付你，他會把茉莉的案子套你頭上，由州政府對付你。這一點你當然是知道的。」

坐在桌後的傢伙，衣服上整齊的燙痕仍在，但是裡面的身體卻縮小了一號，胸部也突然陷了下去。

「你在替蓋蓋文做事，你——」

「我沒有說我在替什麼人工作。」我打斷他話。

他眼睛睜大了。心境大大的放鬆。

「但是，」我說：「我目前有很多情報是蓋蓋文急著想得到的。而我急著要知道彭喬篪。你就是提供我彭喬篪情報的人。」

這個辦法見效了，嚇嚇他要用蓋仔來對付他，連我自己也沒有想到會有如此大作用，連我真正的目的他也忘記問了。他內心對蓋仔一定有先入為主的恐懼。

他說：「我只知道替他管帳。我們把所有彭喬篪的收入都歸入開礦得來的。」

「事實呢？」

「礦業公司另外還經營著一個『源發公司』。他們的許可證裡並沒有限定他們不能經營其他公司。

「現在我把知道的告訴你。蓋蓋文到舊金山來打天下，很多人想對他不利，但都不是彭喬篪的意見。彭和我一直想和他和平相處的。假如他能保護我們，我們願意付保護費。我們反正付一份錢，付給誰，我們並不在乎。我們要的是穩定做生意。我們付給最能保護我們安全的人。

「這就是事實，賴先生。我從來沒有違抗過蓋仔，彭喬篪也從來沒有過。」

我說：「你和茉莉多熟？」

「你知道我和她多熟——至少蓋仔是知道的。是我把她介紹給蓋仔的。我和她很熟，彭喬篪和她很熟。」

「彭太太如何？」我問。

「依蓮和這件事無關。」

我說：「依蓮是什麼背景？」

「你不知道？」

「不知道。」

他想控制他自己，但沒太多效力，他說：「你要是跟蓋仔的，他們一定什麼也沒告訴你。」

「我知道很多別的，我有很多有趣的事要告訴蓋仔，現在你說吧。」

不知什麼原因，這傢伙怕蓋仔怕得要死，我突然提到的要告訴蓋仔正好戳到痛處。

他說：「依蓮是流浪野台戲班裡跳舞的。脫衣舞——你知道。彭喬篪有一次在宴會裡見到她，他們很來電。他真的很起勁，她很聰明，玩得非常聰明。」

「是個合法婚姻？」

「合法？百分之百合法。依蓮親自一步步看清楚，不容許半點出錯。她請了城裡最內行的律師看著辦的。她說一定要合法婚姻，否則免談。為了這件事，他必須把本來的太太辦理『資遣』。依蓮也許看起來不過如此，但她是夠聰明的。」

「什麼人殺了夏茉莉？」

「我發誓我不知道。賴先生。我是真的不知道。我自己也是吃驚萬分，我——我喜歡她。」

「什麼人殺了彭喬篪？」

「我也不知道。我也希望能知道。你在我立場看看，我也相當怕，怕有人會把這種事套到我頭上來，這味道不好受。我請你對蓋仔說，我想見他。我一直想和他聯絡，他可以幫我忙。」

我對他嗤之以鼻。

他又擦抹他的臉。

「源發那一邊會有什麼結果？」

「那邊對蓋仔從來沒有反對意見。只要他能吃得住其他地段上的朋友——我想他是有把握的。」

「你對卞約翰．卡文知道些什麼？」

「卞先生沒問題，他是個銀行家。我們用得到他，只要我們不開空頭支票，他不管我們做什麼生意。」

「他會不會知道些什麼源發的問題？」

「不會的，喬篪有件事吃他兒子吃得死死的。」

「是什麼事迫著他關閉擎天礦業開發公司呢？」

張赫德說：「你難倒我了。我告訴喬篪一百次以上，千萬別做會引起別人調查的傻事來，這可以引起整個事業的崩潰的。」

「他沒聽信你的？」

「沒有。他要拒付他開的支票，他說他不計任何後果。是他一定要拒付的。告訴蓋仔我要見他——隨便他什麼時候方便。」

「寡婦有意見嗎？」

他大笑：「她和這件事有什麼關係？」

「也許關係很大。」

張赫德說：「沒什麼區別的，賴先生。你回去告訴蓋先生，我馬上要接手『源發』了。」

「依蓮怎麼說呢，會肯嗎？」

「依蓮得房地產。她是個非常好的野台脫衣舞女。該她的給她。她是小人物。她進來時想拿的都拿了，她現在可以走了。『源發』我今天晚上起接手了。」

他的自信心又回來了。

「那麼多公司呢？」

「公司都會沒有活動，悶死，埋到泥裡去。」

我說：「留在這裡，不要走開，直到下午兩點鐘。任何情況千萬別離開這裡，絕對不要給任何人任何消息。假如蓋仔要見你，他會通知你時間、地點。」

這句話又使他怕起來了。想到混進蓋蓋文的事情裡去，就使他混身不自在。

「請他打電話給我好了。」

「我以為你想親自見到他。」

「是的，但是我會忙得很。現在喬篪的死亡是已確定了。警察會來這裡——」

「我以為你想親自見到他。」

「是的，是的，我是的。但是我有別的事要做。」

「要不要我告訴蓋仔，你太忙了，沒時間見他？」

「不可以！不可以！我可沒這樣說。」

「聽起來是這意思。」

「賴，你替我想想好嗎？」

「這完全不關我事。」我告訴他，站起來，在他又在抹額頭上的汗時走了出去。

女秘書這時真的在打字機上敲著。她甚至連頭也沒抬起來。

第十五章　神秘面具女

彭喬篪太太身心疲乏地仔細看著我。

「又是你。」她說。

「是的，又是我。」

一陣有氣無力的笑容自她唇邊升起：「這次想來騙什麼？」

我搖搖頭。「這次是來做童子軍。」我說：「昨天我對你不錯，今天要再向你日行一善。」

「向我？行善？」

「是的。」

「完全沒興趣。」她揶揄地說。

「那你又錯了。」

她說：「賴先生，我一個晚上沒有睡覺，問問題的一批一批的來。我不能不去看我丈夫的——屍體，我的醫生要替我打針叫我睡著。我告訴他再困難我會熬過。你不知道你睡的時候他們會做出什麼來——反正我是非常、非常、非常的睏了。」

我說：「我想我能幫你忙。至少試試不犯法。你的丈夫根本不是開礦為生的。」

「別傻了。他有半打以上的礦業公司，各種權利和地點，其實——」

「其實，」我說：「他用這些作為掩護，使別人不知道他的鈔票是哪裡來的。」

「那麼，他的錢是從什麼地方來的？」

「舊金山市裡，一個叫『源發』的地方。」

「那是個什麼？」

「一個賭場。」

「坐下來講。」她邀請地說。

我坐下來。

她在我對面坐了下來。

我說：「張赫德想接收這個站。」

「他總是表現得非常好的。」她說。

「依蓮，」我告訴她：「你又不是小孩，你曾經跑過碼頭，跳過脫衣舞。這次你應該知道關係重大。」

「我看，你自己也睡眠不夠。」

「我是沒時間睡。」

「什麼人告訴你這些事？」

「你知道了會吃一驚的。」

「那也未必。」

「算了。」我說：「我們還有很多事要談，你經濟上還過得去嗎？」

「老天，你真是單刀直入，是嗎？」

「是的。」

「我為什麼要告訴你？」

「因為，我可能是唯一希望你好的人——只要不違背我客戶的利益——依蓮，我至少絕不會騙你。」

「不會，」她點頭道：「我知道你不會，你叫什麼名字？」

「唐諾。」

「好吧，唐諾，我告訴你。你每天當一大批白痴的面，脫四次、五次衣服，一下子你就厭了。喬篾到我身邊來，一下就看上了我，起先我看不出有一點長久的意思，然後我明白他倒是認真的。所以我就想了個辦法。」

「他的前任太太曾想刮光他，我看得出他怕死了我和他好是準備向他要贍養費的。我告訴他我要給他一些保障，我不是和他玩短期買賣的。我和他訂一份婚前合同，他贊同這個意見。」

「之後如何？」

「之後，他請他律師起草了一個合約。」

「內容如何？」

「詳細的規定好他給我一些實質上的——」

「多少？」

「預付一萬元，萬一離婚，我帶我自己名下的東西走路。」

「你同意回報的是什麼？」

「這一萬元包括臨時贍養費、律師、訴訟費、永久贍養費——包括一切就是了。除了我名下財產，其他沒有了。」

「假如，他死了呢？」

「我不知道，」她說：「我從來沒有向那個方向想過，但是我記得他有權用遺囑來隨意處置他的財產。」

「他留有遺囑嗎？」

「我不知道。」

「假如他留有遺囑，會留在哪裡呢？」

「留在律師那裡。」

「除律師外，他有什麼人可以留遺囑嗎？」

她聳聳肩。

「合約生效後，他一直對你很好嗎？」

「是的，看得出。」

「你這麼好心，所以會有好報。」

「別把我看錯了，唐諾。我自認是聰明的。也許有人不認為，但我是有自己打算的。我能脫幾件衣服，把他從椅子上拉起來走進教堂，你得相信我這是藝術。你去看看初出道的脫衣舞孃，再試試我這種專家。」

「現在，我們回到我剛才的問題，」我問：「你經濟上還過得去嗎？」

她說：「他取出一筆保險費，我拿到一萬元。」

「還有多少剩的？」

「差不多還是一萬元。」

「你的衣服和花費？」

「喬篦付錢。喬篦要我把這一萬元保持不用。」

我說：「一切塵埃落地的時候，你會發現你先生的所有礦業公司都是空中樓閣。他唯一真正有的是『源發』。『源發』是他所有經濟的來源。源發不是礦業，源發是賭博業。你有沒有聽到過賭博業可以請法院認證是遺產的？」

「沒有。」

「可能永遠不會有這種事。」

「又如何？」

我說：「你丈夫辦事非常小心，他的安排是『源發』和他絕對沒有任何關聯。他把『源發』的事全交在一位會計師手上。而會計師想的，除了他自己之外，還是自己。

「你丈夫也許有不少錢放在某一個保險箱裡，別人不知道的。也許張赫德會知道。也許你會找到一個都是現鈔的保險櫃，也許沒有。因為你過去的經歷，有很多問題有人會問你，而那張合約，會使你很窘。」

「我知道，」她無可奈何地說：「這就是我不願意強迫入睡的原因。我要在塵埃落地後才好好睡一下。」

我說：「你這房子是在山邊上的？」

「是的。」她點點頭。

「你們一直在用壓碎了的大石頭填後面的低地？」

「是的，喬篪想在後面造一個網球場。他要用很多的大石頭填在下面，使它排水情況好一些。」

「我們去看看你丈夫放在車庫裡的東西。」

「為什麼？」

「也許我們會在那裡找到一個淘金盤。」

「喔，當然，喬篪在車庫裡有兩個睡袋，有乳缽、搗杵，那是用來搗碎礦石的，也有氫氧吹管用來做試驗的，當然也有淘金盤。他都放在車庫貯藏室裡。」

「我們去看看。」

「為什麼？」

「我只是好奇。」

「我沒有。」

我說：「依蓮，我是為你好。」

「我得報答你什麼？」

「也許不需要。」

「別傻了。」她說：「我知道男人，他們都有目的。你要什麼？」

「也許可以分一杯羹。」

「我呢？」

「一鍋子都是你的。」

她看向我，她說：「我看做私家偵探就像做脫衣舞孃一樣，是門學問；有人能達到目的，有人不能。唐諾，我們走吧。」

她帶路，走下樓梯，走進在後面的車庫，打開車庫裡一個貯藏室的門。貯藏室裡一大堆亂七八糟的東西。

我看到了一個乳缽、一個搗杵和一個淘金盤。

我說：「我要是和你雙雙在外面出現的話，會引起別人注意的。你拿這個塑膠桶出去，到他們拋棄壓碎石頭的地方去，東撿西撿弄幾塊石頭放桶裡，記住要儘量選不一樣的石頭帶進來，看不出來的話，選不同顏色好啦。同樣的顏色，就選深淺不同的。每種顏色我都要一個樣品。」

她看看我，沒有說話，然後拿起水桶，走過後院，繞過泳池，走到他們開闢了卡車路，專門用來傾倒碎石的地方，開始東找西找撿碎石。

她回屋裡來的時候，我已經把我的工作枱整理好了。我把碎石放進乳缽，用搗杵搗成粉狀。

「能告訴我你在做什麼嗎？」

「我在開礦。」

「你想想熔煉廠裡送出來的填路材料裡，會有鑽石嗎？」

「倒沒想到鑽石，」我告訴她：「我認為我們會找到金子。我真心希望如此，假如沒有的話，我自己吃虧也大了。」

一個不鏽鋼的洗槽，在車庫的一角。我把水槽裡裝滿了水，把兩肘靠在槽沿開始淘金。

她靠在我肩頭，看我工作。

盤裡表面的泥沙很快沖走，沉在盤裡的是黑色的重砂。

我很小心地繼續淘，用這樣小的量來淘，很容易一下就把有價值的金屬沖走了。一點金色或兩點金色，對礦的價值差別就大了。

當然，也有可能，雖然貴重金屬是存在礦石裡，但是化合物不可能淘出純金來的。但是從我們淘出來的東西，我可以說得出來，裡面有什麼。

黃金是非常美麗的金屬，世界上沒有任何東西，可以和它出現在淘金盤泥砂的底裡時那種美麗，使人興奮，互相比擬。

我把水繼續沖到盤裡，把黑砂沖走，一條很細的金黃色顆粒形成的線條，在淘金盤的邊上出現。

我預期到這裡會有金子，但是沒想到有那麼多。看起來石頭裡有三分之一是純金。在我後面，我可以聽到依蓮吃驚的喊聲。

「用淘金盤淘出黃金來有一個特色，明明只有一角錢的黃金在裡面，但是看起來像值到一百萬元一樣。」

「唐諾，」她叫著道：「真是金子嗎？」

我把淘金盤一側，把所有掏出來的金砂倒進水糟，把盤子洗一洗，放回原處。

「唐諾，為什麼倒掉它？」

「這玩意兒留著反而會有麻煩。」

我用水把水糟裡的渣滓沖掉，把其他碎石都放回水桶。對她說道：「把這些拋回院子去，依蓮。」

她拿起水桶，走出去把碎石都拋在院子裡，走回來，站著看向我，疲乏的臉上充滿了好奇。

我說：「把你的一萬元，統統用來買進擎天礦業開發公司的股票。」

「但是，這是我先生的公司呀。」

「當然，是你先生的公司。這是最後一個公司，這些礦石就是這個公司挖來的。」

「你怎麼知道？唐諾，一起有六七個公司呀。」

「一定是從這個公司來的。」我說：「因為他在強迫銀行停止一筆借款。」

「他為什麼要這樣做呢？」

「他的目的是可以寫一封信給持有這公司股票的人，他會說雖然銀行強迫公司一定要付一筆尚未到期的借款。但是大家不要失望。這個礦遠景是極好的。所有股票持票人都該緊守著，不要脫手。」

「怎麼樣呢？」她問。

「結果，」我說：「當然反而使股票持有人大大恐慌。每個人想脫手回本。甚而市場上只要有人出價，他們就賣了。」

「你能再詳細一點告訴我是怎麼回事嗎？」她問。

「當然，人都有人思想的習慣。假如鈔票的來源是個礦業公司，大家都以為他們開到一個礦了。假如支票來自熔煉廠，人們會想鈔票是熔煉礦石所得利益。」

「你丈夫經營一家熔煉廠，這廠付他很大額的收益，他也玩礦，自己的礦供應自己熔煉廠礦石。」

「絕對不會有人想到礦裡出來的只是路基石，而熔煉廠經營一家利潤極好的賭場。」

她看看我：「那麼我應該買下熔煉廠的股票？」

「不行，你要買礦業公司的股票。熔煉廠現在已經被用肌肉的人接手了。賭博事業不經遺囑轉承的。」

「但是，我怎樣可能去買進股票呢？我是說向誰去買呢？」

我說：「我認為你丈夫早已著手在做這件事了。我們回屋裡去看一下。」

我們不需搜彭喬篪的東西。就在他書桌抽屜裡，有一張致股票持有人信函的草稿，叫持有人不要失望，不要拋售他們的股票，只要經濟問題解決，繼續能開挖，一本萬利的機會是有的。雖然銀行要告發公司為發展而開出的一張支票，但是礦裡的消息越來越好，他保證大家堅持下去，可以得到原始投資百分之一百到一百五十的實益，甚或更多。

信寫得很好。

我們發現一張他發信的名單，上面有地址，有姓名，尚有持有的股數。

「想不想冒個險？」我說：「看樣子一起賣出了三萬元錢的股票。花一萬五、兩萬元，就可以統統買回來了。不過這個公司你丈夫是大股東，有控制數的股票在他名下，假如你可以繼承他財產，你可以不必再去買進，但是你沒有把握可以繼承他遺產的話，你最好把你的現鈔都投資下去，為將來著想。」

「我想我會繼承得到的。」她說。

我繼續在他桌子上東搜西搜。

我發現六張金色邊緣印得十分精緻，不易偽製的卡片。是進「源發俱樂部」的空白貴賓證。發證人是張赫德，他的簽字已經簽在證上了。

她沒出聲，看著這些卡片。

我把這六張全放入了口袋。「這些也許會有用。」我說。

她什麼也不說。

「星期二的晚上，你有時間證人嗎？」我突然問她。

「沒有——沒有我可以拿出來用的。」

「你有男朋友嗎？」

「沒有你暗示的那一種男朋友。」她說：「我答應嫁給彭喬篪時就下定決心對他要誠實。」

「他是個經常出差的人，你不會感覺寂寞嗎？」

她看著我的眼睛說：「唐諾，我是一個脫衣舞孃。我習慣給別人看，習慣別人看我。這玩意兒一旦進入血液，很難改變。」

「我打心底輕視觀眾當中每一個人，但是一大堆受我輕視的個人就變成了實際上存在，控制你飯碗的觀眾。我喜歡聽到嘈雜的戲院裡，傳出對我的尖叫和喝采，我也喜歡一波一波的叫好。」

「我知道他們叫好的是什麼，根本不是舞蹈，是我的身體。他們要我超過法律允許，多脫掉一些。他們頓腳、拍手、大叫、發狂，有什麼分別？只是個人而已。」

「他們知不知道你要再多脫一些要進牢了？」

「問題就在這裡，唐諾。他們是知道的，但是我的表演太好了，使他們忘了。一個好的脫衣舞孃跳到快到尾聲的時候，不能落入俗套，她要隨興而為，每一秒鐘都好像這一次，為了觀眾的盛情難卻，她要冒一點險，多脫一些，但是又有顧忌的樣子。她站在那裡好像一再猶豫要決定的樣子，當然這刺激到觀眾更大的喝采──我告訴你，像這樣站著本身就是一種藝術。」

「你想念這種生活？」

「唐諾，我想念得要命。」

「你告訴我這些為什麼？和你星期二晚上在哪裡有什麼關聯？」

「關聯太大了。」

「你說說看。」我說。

她說：「我知道喬篪要離城了。我有一些老朋友仍在這裡演野台戲，一些真正以前一起混的——反正喬篪一走，我去他們戲院，帶上一個面具，用神秘面具女的藝名跳脫衣舞。我喜歡如此，我——朋友也喜歡。觀眾瘋了。我有一個絕對的不在場證明，假如我敢使用——幾百個目擊證人。」

「你是帶了面具的，他們見不到你的臉。」

「觀眾不知道是我。但是台後有一打以上老朋友知道我是神秘的面具女，而觀眾知道神秘面具女在那裡——二場。」

「以前幹過這種事嗎？」

「你是說我嫁給喬篪之後？」

「是的。」

「沒有，這是第一次。」

我說：「這樣不太好。依蓮。這太像是你刻意在製造一個不在場證明，而同時你的男朋友去幹這件犯法事情。以不在場證明來說，這個證明太好了一點。」

「我知道。」她承認道：「我想到過這一點，我是在想你應該想到的。」

「社會大眾也會的。」我告訴她：「你怎樣告訴警察了。」

「我告訴他們我在家，在床上。」

我說：「你一晚上沒睡，是嗎？」

「是的。」

「過去幾天你都沒有好好睡過？」

「沒有。」

我說：「找到你醫生，告訴他你又緊張又心跳。告訴他你希望能睡上二十四小時。注意，假如他們問你問題，而你沒有正確答案的話，你會被捕的。」

「我知道。」

我說：「好了。你睡著了，你就不必講話。等你醒來，萬一講錯話，你就說是因為藥品的關係，使你發生幻覺。憑你的曲線，每一位陪審員都會原諒你的。」

「但是，假如你不用藥物，你就不會入睡，容易講錯話，不容易解釋。」

「你信得過我，可以把那張股票持票人名單交給我，把你準備買股票的錢交給我，我盡我的力量試試看，能不能增加你一些個人財產。」

「你又要取什麼好處呢？」

我直直地看向她的眼裡，我說：「你純利的百分之五十。」

「你這樣說，我才真的信得過你。」她說。

「為什麼？」

「以前我不知道你要的是什麼。」她說：「我在不知道男人心裡想要什麼的時候，我不信任他們。」

第十六章 分享運氣的女郎

舊金山每家報紙在卞約翰．卡文父子兩人被捕時都出了號外。

有一家報紙甚至用紅色横貫全頁的頭條大標題：「彭喬篾謀殺案銀行家被捕」。

警察找到的是環境證據，而且是死死的。

警察確認彭喬篾不是在發現他屍體的遊艇裡被殺的。

一位指紋專家在一處黃銅裝飾上找到了指紋。這些指紋是血手指印上的，是卞約翰．卡文的指紋。

遊艇的掛鎖被弄斷，然後換了一把新的掛鎖，掛在船艙口門上。警察向附近的每一個五金店做了一次常規的詢問，找到了一個店主記得在星期三的下午賣出了一把掛鎖。警察給他看卞約翰．卡文的照片，據警察說店主做了「立即而絕對的」指認。

警方潛水人員在海灣的底裡找到一支點三八左輪，位置正好在銀行家遊艇的下面。槍號檢查，發現是警方批准，由卞約翰．卡文購來「保護」自己的。彈道專家證實，在彭喬篪體內取出的彈頭，正是從這支槍裡發射出來的。

一顆彈頭是貫穿彭喬篪身體，跑到體外的。警察發現它埋在卞約翰遊艇——約翰小子主艙房一角的一個小洞裡。警方把主艙房地毯拿起，發現地板上有血跡。卞約翰雖然是用盡了辦法要消除艙房裡的血跡，但是在今日化學反應的神效下，地板上的血跡是極明顯可辨的。

鋪在約翰小子主艙的地毯是個新地毯，是卞約翰在星期四早上才購買的。所以警方搜查了這位有錢銀行家的車庫，在車庫裡發現了本來鋪在主艙裡那塊地毯。地毯上有血跡，而且有頭髮。顯微鏡檢查發現這些頭髮的色澤、粗細、構造及外型都和彭喬篪的頭髮雷同。一位警方專家發誓這是彭喬篪的頭髮。

警方目前尚無法斷定這件謀殺案的動機，就已知的資料顯示，銀行家和彭喬篪之間，對於彭喬篪經營的一個礦業公司，向銀行所貸的一筆鉅款，有相當不同的意見。

在詢問的時候，卞約翰父子各有各的不在場證明，但是警方已經分別證明是故意偽造的。卞約翰兒子的不在場證明，是故意花了不少鈔票買出來的。年老的卞約翰自稱週二晚上他是在和銀行的一位叫奚華圖的董事討論業務。但是在警方的嚴詰下，奚華圖終於供出，他是因為卞約翰的重託，要他在必要時說星期二的晚上，他是和卞約翰在一起，做他的不在現場證明人。

卞約翰向奚華圖解釋，為了一些私人的理由，他必須要一個星期二晚上不在某地的時間證人，而奚華圖對這位銀行家上司，一向深知他的嚴謹、公正，所以沒有深入詢問，同意做他的證人。他認為這是件私人事務，但是謀殺案則是另當別論。在警方的完整證據之前，他的證詞立即改變了。

我來到那個遊艇俱樂部。至少有三百個病態的看熱鬧人在門口徘徊。他們從鐵絲網孔向裡望，沿著鐵絲網無目的地走，從各個不同角度看裡面的遊艇。

警車來來回回，技術人員上下遊艇，檢查蒐證仍在進行。

不時有業餘的照相人想經過大門，但是俱樂部的看門人被委為守衛，嚴格地要求出示證件。假如對方沒有證件，守衛會向一位警官點點頭，警官就會很快過來把他趕走。

我站在附近幾乎兩個小時，感到我不可能有機會，已經洩氣了。終於，一位警官代替了俱樂部的看門人，叫他去喝杯咖啡，我跟在看門人後面，走到他邊上。

「我想得到一些消息。」我說：「而且我這個人絕不空手向人要消息的。」

他品鑑地用眼睛的餘光看我：「警察叫我不可以洩漏任何消息的。」

「喔，不是謀殺案的消息。」我說：「我不會問你這種謀殺的消息。」

「什麼？」

「我想知道，一條船的事。」

「哪一條？」

「我不知道是哪一條，」我告訴他：「但是我絕對有來找你的理由，因為這條船有你們這個遊艇俱樂部的標幟，這條船上個星期二出航過——一個星期前的星期二下午。你會記得的。我相信星期一到星期四之間，尤其在下午，出航的船不會太多的。」

「你猜錯了。」他笑笑地說：「每星期三的下午有很多。」

「星期一呢？」

「幾乎沒有。」

「星期二？」

「有幾艘。」

我說：「出航的船，你都有記錄嗎？」

「沒有，我們不登記。」

「但是有人通過大門，你們都有記錄？」

「是的。」

「那麼查查星期二通過大門的有些什麼人，也許你可以告訴我哪條船出海了。」

「記錄被警方拿去了。整本簿子拿去做證據了。我現在在用的是新本子。」

「那就沒辦法了。」

「假如簿子在手，我倒是願意幫忙的，何況你說還有錢可賺。」

「星期二下午。」我說：「二十元。」我拿出張二十元鈔票。

「我對二十元是有興趣的，」他說：「但是我幫不上忙。」

「為什麼？」

「我的簿子不在了——警察拿走了——我說過了。」

「請問你尊姓？」

「貝。」

「也許你還是可以弄點外快的。」

「怎樣？」

「今天幾點下班？」

「晚上六點。」

「我接你，你可以乘我的車，坐在我的車裡，我給你看一兩個人，看你是否見過。」

「是什麼人？」

「你認識的人，我不知他叫什麼名字。我想知道他是什麼人。我先給你二十元。還會給你更多。」

貝仔細地想了一下我給他的建議。

「目前，」我說：「我想知道一些你的工作情況。」

「什麼？」

「你當然不可能每一分鐘看著門的。」我說：「你總有時間背向著門，有時會離開一下，有時會——」

「嗨，」他打斷我話說：「你說話口氣有點像警察了。沒有一個人，能夠偷上裡面一條遊艇，而不被看門人發現的。假如我們要離開看門的房間半步，我們在進門的地方會放下另一道柵門，而且打開進門平台的警鈴，任何人只要走上門前平台，警鈴會響起。這俱樂部的會員絕對不喜歡外人跑進俱樂部來。以前這俱樂部發生過一件不愉快的離婚案件。太太要蒐集證據。那是兩年之前。偵探偷上了船，在裡面搜索了。造成一個醜聞，自此而後，會員們有了規定，不是會員，任何時間，絕對不可單獨進來。」

「有的時候，假如你正好不在，會不會使會員不便，而——」

「我值班的時候，幾乎是必然在裡面的。」他說：「我的工作就是在裡面看守。假如俱樂部裡面有什麼事要我去處理，我把柵門放下，而且自動鎖上的。任何會員看到大門是開的，柵門是放下的，進不來，但是知道我在裡面，在浮動的碼頭上。會員也會知道只要他一站上門口的平台，裡面會有蜂鳴聲，我會知道有人來了。他們都知道我不會叫他們等，事實上沒有人會等超過兩分鐘的。我會趕去開門。我的工作如此。他們付我錢也是為此。」

我把二十元錢給他，我說：「我六點前在門口等你，你只要坐進我車就可以了。」

他把二十元的正面反面的看了好幾次，好像怕這是假鈔票似的，然後，一下塞進褲子口袋，連謝謝也沒說一聲，走進了一個速食餐廳。

我去看我的股票掮客。

「股票的事，辦得有眉目了嗎？」我問。

「我正在吃進——多的是，便宜到谷底了。賴，我希望你改變主意。」

「為什麼？」

「這種東西靠不住。首先，這不是在市場正式交割的，是郵購的，再說，這個礦每出一車的礦石就損失一些錢。還有第三點，這礦業公司欠銀行不少錢。最重要的是第四點，開礦熱誠的人是彭喬篪，這傢伙死翹翹了。」

我笑笑。

「我懂了，不必講了。」他說：「假如我自己也跟著你買進幾股，你會介意嗎？」

「只要不把價錢抬高了就可以。」我警告他。

「老天，對於這種玩意兒沒有人敢放大錢進去炒的。」

「你已經吃進不少了？」

「很多了。」

「不斷替我吃進。」我說，走出他辦公室。

到了約定的時間，我去接姓貝的。

他不是很高興見到我。

「警察也許不喜歡我如此做。」他說。

「警察又不會付你鈔票。」

「警察對他們不喜歡的事，很會使人難受的。」

我說：「這裡有五十元錢。平衡萬一會發生的難堪，夠不夠？」

他的眼睛看看我手上的五十元，貪婪地說：「再有十元就完全可以平衡了。」

我加了十元在五十元裡，交給他，他慢慢地把錢裝進口袋。

「要我幹什麼？」

我說：「我們有地方要去。」

「哪一種地方？」

「我們可以坐在車裡的地方。」

「幹什麼呢？」

「看到什麼你認識的人，就告訴我。」

「就如此？」

「就如此。」

我們快速地直下凡尼斯道，橫過市場街，取道德萊布，當我快到源發的時候，把車慢下。

「源發」俱樂部是一個很有意思的地方。外表上偽裝得好到極點了，一點也不刺眼。

舊金山有一段時間崇尚低一點的建築——底層是一連串小營業的單開間門

面，上面有兩層，都是拱型窗的建築，一看就知道是舊金山式的。

「源發」就在這種房子裡。

它的一側鄰居是一家雜貨店，存貨不多，每種東西可選擇的品牌更少，它只有固定的附近客戶，但可以開戶月底結帳。店是一個人經營的，大批買進，小量現鈔賣出，外加可以欠帳，是這種店唯一的生存方式，他沒有帳冊，有的時候靠漏點稅金。

另一側的鄰居是一家乾洗店。

在兩家中間是毫不起眼的一戶人家，舊舊的紅門，陳舊不發光，甚而帶暗黑的門框。

我開車巡視這地方一圈。

顯然來這裡的顧客都知道把自己的車子停在一兩條街之外。計程車懂得開到門口後立即開走。我看到三輛非常豪華的轎車，停在一條半街外的路旁。整條「源發」存在的街旁，和它對面的街旁，停的只有老爺到極點的車子，當然是住在這條街上的人的。

「源發」樓上兩層的房子，就像附近任何三層樓房的上面兩層一樣。有一間房子甚而有一塊「吉屋出租」招牌在，但是房地產經紀人則是十年之前就不再幹這一行了。其他的房間，窗簾的形式和顏色都不一樣，有的窗口有花，看起來裡面住著很多戶低收入的民眾。

這些外表當然是偽裝的，但絕對是專家設計的，其困難度不見得比設計一個外表金碧輝煌的夜總會容易。

通常一個付過保護費的地方，是不必那麼多花心思來偽裝的，只要不使大家講話就可以了，是不是這個地方沒有打通關節在營業呢？不得而知了。

正門兩側的兩個店，租的當然是「他們」低租金的房子。在這裡可能和源發一樣久，老闆除了各人自掃門前雪，不要多管別人閒事外，是否尚負有其他「把風」任務？

我把我車停在可以觀察「源發」出入口的地方。我們兩個坐在前座等著。是一段很長時間的等候。

姓貝的開始時問各種問題，我讓他以為我要看的人是來雜貨店的。

山間漸漸的起霧了。白色帶了水氣帶狀的氣流，隨著海上吹來的微風向岸上飄進來。我感覺到舊金山起霧時特有的新鮮空氣的味道。

一輛計程車開到「源發」前面停下，兩個男人出來，把門推開，自己走進去。門沒有鎖，好像根本沒有人看守。

我問姓貝的：「認識是什麼人嗎？」

「沒見過，兩個都沒見過。他們沒有去雜貨店呀。他們去公寓了。」

「是去公寓了。」我說。

我們又等。

一輛豪華車子轉入街來，車裡一男一女，找了一個停車位置之後，男的和女的又往回走。

我讓姓貝的一個人坐在車裡，自己走向街角一個賣熱狗的攤子，買了兩份三明治。

姓貝的開始不耐煩了。

「我們還要等多久？」他問。

「等到午夜。」

「嗨嗨！我可沒和你說好等那麼久。」

我說：「這可是經過討價還價的。」

「就算是，但是我可沒有想到會像這樣。」

「你以為會像什麼工作呢？」

「認為至少我可以走來走去，而——」

「你就出去走走吧。」我說。

他也不喜歡我的建議。

「你要我在這條街上走來走去，走到半夜？」

「假如你認為這樣好一點的話。」

「我還是坐這裡好了。」

我們兩個有一陣都不說話。另一輛計程車開過來；之後另有四個男人步行過來，他們的車顯然是停在老遠的地方，四個人不在意地經過我們車旁，其中一人精明地向車內看看我們兩個人；之後他們橫越街道，走進源發去。

我不喜歡這件事。不管是誰在主持源發，現在大概已經發現我們了，所以送一組人出來看看我們。

我看向姓貝的，心裡在想他要知道這些錢可能包括慘遭修理，他會怎麼說。

他是個永不滿足的傢伙，他只希望拿了錢，不必盡任何義務。

「我看這不太好。」他說：「假如遊艇俱樂部的人發現這件事，我很難解釋——」

「又如何？」我問：「俱樂部到哪裡再去找你這樣一個人，人頭都熟，又知道分寸。我相信他們付你薪水也不多。」

「不是這樣的。俱樂部給我加過兩次薪。」

「加多少？」

「一次百分之十五，一次百分之十。」

「在多久之內？」

「五年。」

我同情、揶揄地大笑著。姓貝的開始懷疑是不是俱樂部虧待他了，付他錢少了。我看到他喜歡這種說法，我也喜歡，至少使他腦袋裡有事做了。

我看看手錶，九點十五分。

一輛車開過來停下。是輛小車子，三年前車款，名廠出產，保養非常好。開車的根本不在乎把車直接停在俱樂部門口。他開到門口，停在門口，跳下車走進門去。

姓貝的說：「這是孔賀蘭。假如我讓他看到我——」

「你能開車？」我打斷他話問。

「當然。」

「這個人也是俱樂部會員？」

「是的。」

我說：「你在這頭等一個小時，假如一小時後，我沒有從這裡面出來，你開這輛車去這個地址，找那地方的主管，告訴他今天晚上我們兩個整夜在這裡做的一切事。」

他拿了這張寫有地址的紙，好奇地看著它。

「我看，」他說：「上面的地址在那一邊，我要先轉到對面——」

「現在別先擔心。」我說：「把這張紙先收起來，你先要確定找到了主管那地址的人，才開口說話。現在是九點一刻，假如我十點十五分不能出來，你就去那地方報信。」

我滑下坐墊走出車外。把帽子擲在坐墊上，不戴帽走過馬路到對街，快到源發的進口前，轉頭自肩頭回望。

姓貝的在研究這張紙條。

我希望他在到達那裡之前，不會想到那地址是警察總局。

我把門把一轉，把源發的門打開。

門鍊上油上得很好，門打開，我站進一個小的玄關。一座蟲蛀木板製成的樓梯，沒有鋪地毯，走上去的時候又吱咯地響，又有迴音，樓梯頂是另外一扇門。

我舉手正想敲門，馬上發現沒有這個必要。我一定已經引發電子警示，裡面的人知道有人來了。門上開了一個小窗口。窗口裡兩隻眼睛透過玻璃看向我，我看過去，這玻璃至少有一吋厚。

「有卡嗎？」一個聲音問。是自麥克風傳出來的。

我拿出一張從彭喬篪桌上拿來的貴賓證。空白的地方我已經把自己的名字填進去了。

厚玻璃後面的一對眼睛看看我手中的卡片，不耐煩的聲音經過麥克風傳過來：「放進下面縫裡。」

這時我才第一次注意到玻璃下有一條細縫。

我把卡片推進那條細縫。

一陣靜寂後，咔嚓一聲，整扇厚重的門用電力及輪子向側面移開。看看門的厚度及重量，就知道門內門外通話為什麼要用麥克風。我身後的梯子是這裡唯一用木頭為建材的。從此向前，裡面四周都是鋼鐵保護的，一般警用的撬門、撞門用具想進這個地方是不可能的。

「走呀！」麥克風聲音說。仍有些不耐煩。

我注意到聲音是說「走呀」，不是說「進來」，所以我進去的時候，發現看守的人已經不在門邊，我並不驚奇。我走進了一個防彈、隔音的小房間，原來是個小電梯，我的後面是我進來的門，自動關了起來。我看不見左右還有別人，別人也許正用自動武器對著我。

電梯向下停住，開門。我跨出電梯，進入一個完全不同的另一個世界。腳下是柔軟的厚地毯，有如處女森林裡的軟草坪。整個場所明亮著間接照明。亮麗、輕鬆的氣氛跟著進場後吸入的第一口氣，周流到全身，這是一個高級賭博場所必備條件之一。這種氣氛可以使客人一進來就在心理受制狀態——你有的錢在我們看來是小意思，這裡是高級有錢地方。

有不少暴發的人急著要爬升自己的社會地位，他們很吃這一套，認為他有特權可以到這樣高級場所來「送鈔票」是可以自豪的。這種氣氛也減少了每家賭場背後一定有暴力存在的想法，更使客人認為這樣高級的地方，客人不會有老千，賭場不會做假。

要造成這樣氣氛是營業上的投資，並不需要花一般人想像中認為要花那麼多的錢。有幾項道具是必須的。其中一項是厚重畫框裡的油畫，用很多有罩的燈泡照亮著。假如顧客不欣賞這幅畫，他會自卑藝術修養不足。保證不會有人請問這是哪位大師的傑作。事實上這燈光值十元，畫框值五十元，這幅畫只值五元。

欣賞的顧客欣賞的是畫框，這樣好的畫框，裡面會有不夠格的畫嗎？一定是有名的骨董。

其他的道具更簡單。地毯不必真羊毛的，化纖的可以了，但是下面墊的橡皮墊要厚，牆壁不必裝飾，掛上俗麗的牆簾子，只要打摺多就好看。這些東西在間接照明的強光下，看起來像百萬富翁，但是萬一進來了陽光，看起來就不像樣。

我跨進房間，見到的正是我認為會見到的。

第一個房間是個普通的雞尾酒酒吧。有吧檯、高腳椅、桌子、椅子、卡坐、暗的燈光，極輕聲的音樂。

兩三對人在裡面喝雞尾酒。有三個人在遠端，面前放了不少鈔票，兩瓶香檳，好像在慶祝極大的經濟成功。

我在想，很可能這也是道具。

一個很文雅、很有禮貌的人走過來，把我留在門縫裡的卡片，交回給我。

「賴先生，請問你到這裡來為什麼？」

「為了這裡有的東西。」

冷冷的眼睛，溫和了一些：「請問你哪裡來的卡片？你得到它的時候，是什麼人交給你的？」

我說：「卡片上不是簽了字嗎？」

「我知道，但是有的時候簽好了字的卡片，會分給不同的人去分發。」

我說：「這一張是你們老闆給我的。」

他驚奇了一下，他把卡片翻過來，說道：「你真的認識張先生囉？」

「是的。」

「那就真是貴賓了。」他說：「請裡面來，先生。」

在我開始行動前，他又好像想起了什麼，抱歉地說：「對不起，只是為了你的安全，我們對每個客人要對一下身分，你有駕照嗎？先生。」

「喔！當然。」我說。取出皮夾，自皮夾裡拿出我的駕照。

「洛杉磯來的，嗯？」

「是的。」

「怪不得我不認識你，你要在這裡很久嗎？賴先生。」

「不久，但是在這裡的時候希望有些斬獲。我對洛杉磯場子都很熟的。常去阿勇的場子。」

「阿勇最近好嗎？」

「我和阿勇個人不熟。」我說：「對他場子很熟，和他場子經理——」

我突然停住，好像我自己警覺不能說出人家名字。

「怎麼樣？」他問。

我微笑：「假如你認識我講的人，你知道他名字。你假如不認識他，我告訴了你也是白搭。」

他大笑道：「請問你要不要在這裡開一個透支帳戶，或是換籌碼，隨便什麼可效勞的，請告訴我。」

「謝了，我的現鈔尚還夠用。」

「隨時，沒關係，可以透支——」

「現鈔不夠了，我會找你們的。我會自己進去看張赫德的。」

「這邊請，賴先生。」

他帶我到房間遠端，酒吧的最後一扇門，向裡一指。

我推開門，這裡仍是個玄關。另一端兩扇門，一個門上有個「男」字，另一扇門上有個「女」字。一個黑人僕役站在玄關裡。他一定已先有得到什麼暗號，他開啟側面隱藏的門。我就進入了賭場。

場子裡目前還沒有到人多擁擠的時候。大概有人還在吃晚飯，或是要等戲院散場才來。

這裡，當然更極盡一切人造的豪華。輪盤和骰子桌，當然是少不了的，另外還有二十一點，和撲克。

桌子群中六到八個人穿得整整齊齊，擺足了架子，搖著晚禮服的尾巴，手裡拿了不少大籌碼，我知道他們是賭場僱用的假賭家。人少的時候，他們湊湊熱鬧，後來人多的時候，他們可以刺激客人下注。

孔賀蘭並沒有在這房間裡。

彭喬篦的死亡，假如對這個俱樂部有任何沮喪或影響，至少在表面上是沒有顯現出來。場面維持得很好，在這裡男士都是紳士，輸個千把元不過聳聳肩，當作生活上一個有趣的小刺激而已。

人多之後，有的假賭的會慷慨地人把輸錢，然後慢慢地瞇起眼睛看牌，表示一切仍在控制之中。

一般的客人其實根本沒有贏錢的，會同情這傢伙輸得比我慘。他們也要保持輸得起的風度。牌風一轉，輸最多的猛衝幾下變成倒贏了。刺激這些真輸的人認為只要下注就不為輸，他們才是真真輸光回家的人。

在開放賭博的州裡，賭場的誠實度是很高的。即使在賭博是犯法行為的加州，誠實的賭場還是有的。我認為不包括這一家在內。

我瀏覽了一下，走到輪盤桌邊上，拿出二十元換籌碼。主持輪盤的人，用他戴了鑽戒，修過指甲的手，熟練地把價值二十元小額籌碼毫無表情地換給我，他的味道好像在說這家賭場是胸襟開放的，客人小玩、大玩他們都不在乎。甚而有我們是民主公開的味道。

我賭五元紅。開出來黑。我加碼放紅，紅開出來。我賭二元三號，開出三十號來。我再賭二元三號，開出來的是七。

我又賭二元三號，三號開出來了。管盤的人付了我錢，獎勵地向我點點頭，其他客人都向我看一眼。

我又放二元在三上，再放二元在二十號上。

二十號中了，管理員又推過一堆籌碼來。

他故意停下來整整領帶。

我放二元在五號上。

一聲輕輕的女人神經質笑聲自我身旁發出，我見到一隻裸露的手臂經過我前面，感覺到沒穿東西的玉肩幾乎擦到我面頰，聽到銀鈴似的聲音說：「別以為我在跟你下注，像你這樣好運氣，我應該搭你的車。」

「沒問題，」我一面回答，一面看向她。

她是個金髮美女，鼻尖上翹，玫瑰花蕾似的嘴唇，身體的曲線絕對可以在泳裝選美裡大放異彩。

她向我恰當合適地笑一笑，然後突然停住，好像突然想到她和我到底是不認識的人，只不過偶然並坐在輪盤桌上而已。

輪盤轉動，象牙球沿了邊上轉了一會，在格子裡跳來跳去，停在七上。

我放兩塊錢在十號上。金髮的馬上也放二元在我籌碼上。

輪子一轉，我們又輸了。

我放二元在二十七號上。金髮的猶豫一下，在我籌碼上放了一元錢籌碼。

輪子一轉，十二號開出來。

我聽到金髮的嘆了口氣。我放二元在七號上，一元在三號上。

金髮的猶豫，勇敢地隱藏起這是她最後一個籌碼的事實，把一元籌碼放在我的籌碼上面。

球轉了幾圈，落入一個格子，金髮的比我先看到，她向我尖叫一聲，狂喜地抓住我手臂，像是情不自禁。

「有了！！」她喊道：「有了！贏了！我們贏。」

管輪盤的給她一個父親樣有趣的微笑，把該付的付給我們。

我們又一起賭相同號碼四五次，我們又贏了。

我前面開始積了一大堆籌碼。

金髮的神經質地自一只黑色皮包裡拿出一個菸匣，拿出支香菸在亮亮的銀匣子上敲敲。她把香菸的一端放進嘴唇的時候，我點著了一根火柴。

她湊過來，點菸。

我可以看到塗過睫毛膏長長的睫毛，也看到她慧黠深褐色眼睛在淘氣地閃著光。她嫻靜有趣地看我一眼。

「謝謝你，」她說。過了一下又加一句：「每一件事。」

「沒什麼好謝的，」我說。

「很多人不喜歡我——分他們運氣。」她看我一眼說。意思裡有著哪一個男人要是肯長期和她分享運氣，一定會有好運的味道。

我只是笑笑。

她把她的一堆籌碼向我這邊移動了一二吋，然後伸出一隻手放在我臂彎裡。

突然她說：「你對我太好、太好。剛才我只剩下最後一元錢了。」

我們輸掉了三四注，然後我把五元放在一個號碼上。她突然認為運氣來了，把十元放在我籌碼上。

這個號碼中了。

她的叫聲是快樂的，但幾乎立即自制，好像怕會被人趕出去，但是她看向我，眼睛高興得要跳舞。她的手又一次放在我臂彎裡，指甲掐到上裝衣服裡：「喔！」她說。過了一下又說：「喔！」

管輪盤的付了我的贏款。在付她的贏款時，不耐煩地蹙了一下眉，是一大堆可觀的籌碼。

她靠向我身上，我可以感到她在發抖。

「我一定要找個地方好好坐下休息一下，」她說：「嗨，我應該怎樣——對付我的籌碼？」

「兌現好了。」管輪盤的說：「再想玩的時候，隨時可以換回來的。」

「喔！我——也好。」

她靠到我身上的體重，好像她膝蓋要垮了。

「幫幫忙，」她半耳語地說：「請你幫我離開這裡，找張椅子坐下。」

我看向我的一堆籌碼和她的一堆籌碼。

那管輪盤的男人看到我眼光，點點頭。「我來處理好了。」他說，語調聽起來好像這只是一些舊報紙一樣，不必太重視。

我扶著小姐，來到酒吧，找張桌子，請她在椅子上坐好。

侍者很有禮貌立即過來侍候。

「今天這個場合，」我說：「值得慶祝一下。來點香檳如何？」

「喔！我愛死了。我一定要——喝點酒。喔，好玩，你呢——你如何——」

「當然，」我說：「假如你不在意，我要去看他們把你籌碼兌現。你知道你贏了多少嗎？」

她搖搖頭。

「這樣說來，你最好自己去換現鈔。」

「喔，沒關係的。我知道你是誠實可靠的。今天沒有你的話，我一毛也沒有。你是——」

「鄙姓賴。」我說。

「我是馬小姐，」她說：「朋友都叫我小采。」

「我的名字是唐諾。」

「唐諾，我就是不能站起來，再走回那間房間去，我簡直完完全全興奮過頭了。我的腿就是不聽使喚了。我——我恨不得給你仔細看看我的腿。」

「也許是好主意。」我說。

「喔，」她撒嬌地打了我一下：「我不是這個意思呀。」

一位助理人員嚴肅地彎腰湊向桌子。「你們兩位要不要把籌碼換成現鈔？」他問：「或是把籌碼帶到這裡來？在這房子裡籌碼和現鈔是一樣的，可以付任何消費。」

「我們今天運氣好，」她說：「等一下可能還要玩，能不能——請你把籌碼拿過來？」

「當然，沒問題。」

他鞠躬，退下，過了一下又回來，帶來一個放了我的籌碼的塑膠盒，另一個光亮的木頭盤，裡面放的是小采的籌碼。「我們替你們自作主張換了一些籌碼。」

他說：「使他們好拿一點，這些藍色的每一個是二十元錢。」

「這些藍色的——每個二十元？」

「是的。」

她手指摸著鑲了金邊的籌碼。「每一個，」她敬畏、半耳語地說：「二十元。」

侍者拿來香檳，「卜」一聲開了瓶塞，把香檳杯自冰中取出，滿滿倒了兩杯。

我們兩人碰杯。

「祝你好運。」我說。

「你也好運，」她說：「你根本是我的好運。」

我們啜飲香檳。她看著我。突然道：「我有些三心二意。」

「什麼意思？」

她說：「我需要錢。這些籌碼大概夠我一半的了。我老實對你說，我完全沒錢了。我來這裡是把一切能找到的錢都買了籌碼了，我下定決定，不成功就全部破產，然後我——」

她聲音漸低，終至聽不到。

「然後你怎麼樣呢？」我問。

「我不知道，沒想到那麼遠。也許把自己賣掉，也許自殺。」

我沒說話。

她仔細看著我：「我該怎麼辦？把籌碼兌現，玩安全的，想其他方法籌鈔票，還是再賭？」

「這種事，外人不好出主意。」

「你是我的靈感，我的好運。你給我帶來成功。我每次都是壞運，你來了才轉運。」

我不說話。

突然場地的經理來到桌子旁。他問小采：「請你到辦公室去一次，好嗎？」

「喔，」她用一個拳頭掩住嘴唇，手握得很緊，連指節都白了：「我做錯什麼了嗎？」

經理笑著道：「沒有，沒有，馬小姐，只是老闆告訴我，叫我請你去他辦公室。老闆也想見見賴先生。」

我看看我的錶。我進來才混了三十五分鐘，我還沒見到孔賀蘭先生。突然，馬小采把椅子向後一推。「那就走吧，」她說：「早去早了。」

「怎麼回事？」我問。

「也許是我的帳有問題——多半——我不知道。」

經理尊敬地把我們兩個人帶到一個大的房門口，門上漆著「非請勿入」。

他沒有去推門，門自己為我們開了。

「請進。」他說，自己站在一邊。

我隨了小采進入房間。

經理沒有跟進來。門在我們後面自動關了起來。我回身一看，門上沒有門把。

一些舒服的椅子，半圍著一張桌子，桌子上有重的水晶破璃酒瓶、玻璃杯、冰桶和蘇打水。

一扇普通的門，在房間的一側打開，張赫德說：「賴先生，請這邊來。」

我們走進去。

張赫德和我們兩個人握手。「賴先生，你好嗎？」他說。

「很好，」我說。

他沒有向小采說任何話。

這間房子又是書房，又是辦公室。有台電視機，一台好的收音機，牆上掛著照片，一個保險箱、檔案櫃，很舒服的椅子。有書架，釘了木板的牆，間接燈光，只是沒有窗。中央空調供給這裡新鮮空氣。

張赫德對小采說：「你走吧，小采，他不是條魚。」

她憤憤不平地說：「為什麼沒人給我暗號，我——」

「省省吧，」他告訴她：「有人搞混了。」

「當然是搞混了。我才把事情做得恰到好處，我——」

「算了，」他告訴她：「你現在可以走了。忘記你見過這個人，忘記你進過這房間，把一切都忘記。」

她站起來，也不向我說話，也不看我，自顧走出門去。

我不知道外面那扇沒有門把的門，她是怎麼出去的，也許她根本就知道如何開門，也許張赫德的辦公桌上有暗鈕可以替她開門。

張赫德和我兩個人隔了他的桌子對視著。

「賴，我想看看那張你用來通過看守的卡片。」

我向他笑笑。

「怎麼樣？」他說，把手伸得長長的：「我在等呀。」

我說：「卡片好到能放我進來，你還有問題嗎？」

「沒有。」

我不吭氣。

張皺眉道：「你總不會天真到認為我沒有控制這裡的全局吧？」

我說：「我當然希望你不致於天真到認為知道了我腦子裡在想什麼。」

「這樣兜圈子，兩個人都沒有什麼用。」

「我不是兜進這裡來了。」

「也不見得會對你有什麼好處。」

我偷看一下我的手錶。我尚須拖他十九分鐘。

我說：「也許我們兩個不要只用嘴巴大兜圈子，應該誠懇地談談，也許會有進展。」

「我要看那張卡片。」

我不說話。

我沒有看到張赫德發號施令——可能是他按了什麼隱藏的按鈕，也許在桌子底下？——只見通隔壁房間的門突然打開，一個穿了晚禮服的男人站在門口。

張赫德說：「賴先生進來的時候用了一張卡片。」

後來的男人不開口。

「他不肯把卡片再拿出來，」張說：「我倒很想看它一下。」

那男人向我走過來，禮貌地微笑道：「賴先生，卡片。」

我一動也不動。

男的站在椅子旁邊猶豫了一下。

張赫德點點頭。

男的靠前半步，抓住我手腕，我想把他摔開，立即知道這是不可能的事。

他把我手腕抓得牢牢的，另一隻手向我關節上一扭，把我手扭到背後，我什麼也不能反抗，不叫出來已經很好了。

「卡片。」張赫德說。

我扭動身體，想要擺脫他的控制，結果只是使自己更痛苦。

我根本不可能移動。

張赫德走過來，伸手入我的內袋，把我皮夾拿出來。他從我皮夾裡把晚上我用來進門的卡片拿出來，把皮夾合攏，準備放回我的衣袋，想一想，把卡片和皮夾一起拿到他辦公桌上。

「可以了，皮爾。」他說。

穿禮服的男人放開我手。

我落回我的椅子中，我一隻手從手腕到肩部好像廢了一樣。

張準備叫皮爾離開了。想想又說：「皮爾，再留一下。」

張說：「賴，我不喜歡這樣。你和一個朋友坐在車裡在我們前面插了幾個小時的旗。那個人現在還在下面等你。我想假如你多久不出去的話，他會進來接應，再不然就去報警？是嗎？」

「是你在說，我只是在聽。」

「你認為這是你的生命保險單了，是嗎？」

「我管我的生意，」我說：「你管你的生意。」

他很仔細的看那張卡片。

「這張卡片是真的。」他說：「非但有我簽名，而且有我親手做上的小記號，別人絕對看不出的。這張卡是真的，你哪裡來的？」

「當然有人給我的。」

他搖搖頭：「這些卡不是這種方式分出去的。」

我不說話。

他又仔細看卡片，然後看向我。我不喜歡他看我的樣子。

「賴，」他說：「我不準備告訴你我是怎麼知道的。但是這是我交給彭喬篪，讓他可以分送特別貴賓，幾張卡中的一張。通常彭喬篪本人和這個地方儘量不發生任何關聯，但是對於他絕對可以信任的人，他有幾張特別的卡片，可以分發。這是其中之一。你到底從什麼地方拿到這張卡的？」

「當然是給我的。」

「賴，有一個可能，只是可能，你曾經去和彭依蓮見過面，我不喜歡。」

我不說話。

他把我皮夾自桌上拿起，開始看看裡面有什麼，突然停住在那裡。「你還有四張——都是給喬篪的！」

於是我瞭解了我有多笨，把這些證據留在身上。當然這些卡是會有特殊暗記的。他坐在桌後，有十秒、十五秒鐘，一聲不響。

我趁機偷看一下我的錶。我還有十一分鐘頭需要拖延。之後，假如姓貝的聽我指示，會去報警。我希望他會聽我的指示。我倒不見得相信警察真會破進這個賭場，但我看得出今天我要無事脫身，也不是件容易的事。

張說：「皮爾，有一個人在下面，坐在這傢伙的車裡，我想只是個供他差遣的人，他以為這樣他生命有保障了。我認為我們不能忽略了。」

「是的。」皮爾說。

「下去，把他弄進來。」張說。

「假如他不想進來？」

「我叫你把他弄進來。」張說。

皮爾開始向門口走。

我知道我必須拖住他十分半鐘。

「也許我們可以先談談。」我說。

「我們辦完事再談。」張反駁道。

我從椅中站起，我說：「我為什麼一切要聽你的？」

我希望這種行動可以把皮爾留下來，再教我一課擒拿手，延擱它幾分鐘。

皮爾躊躇地看看張赫德。

張說：「走，皮爾。」打開抽屜，從裡面拿出一支點三八左輪。

他說：「我想我得在幾分鐘之內好好想一想。我現在開始知道了。你倒真是個私家偵探。你在查什麼？你是替什麼人工作的？」

皮爾出去，門關上，我現在知道，這下真是糟了。我應該把時限定為半小時的，進來就出去。

講老實話，我和張都不能見警察。這可能是我決定以一小時為限的原因。我本來是想進來，在半小時之內得到要的消息，立即撤退。要不是小采打岔，我可能已經成功了。管輪盤的人給小采打暗號，叫她和我建立關係，使我的警覺性減低了。

張赫德考慮了整盤狀況，慢慢把皮夾自桌面推過來，讓它落進我腿上。

「收起來吧，」他說：「我不要別人誤會我們會用暴力奪取別人的東西。你皮夾裡的東西我一動也沒有動。我只是看一看——還好看了一看。」

「我們現在要幹什麼？」我問。

「等待。」

我說：「你要我來的時候，我才叫了一瓶香檳，準備和你的人慶祝慶祝。香檳還在等著，假如——」

「不必管了。」他寬宏大量地說：「不會向你收費的。事實上等一下我會請他們搬進來，我也許會用來慶祝命名典禮的。」

「什麼命名典禮？」

「我想我會把它整瓶，敲在你頭上，命名你是『本週最倒楣的人』。」

「對你毫無好處。」

「閉嘴，我要好好想想。」

我們兩個人都不開口。一個擴音機說：「皮爾在門口，說是他帶了個人要一起進來。」

張說：「叫他把那傢伙帶去另外一個辦公室，把聲音給我接過來。在那邊問他。你幫他去問，我要知道那傢伙是什麼人，在這一帶幹什麼？」

張轉頭問我：「是你偵探社的人嗎？」

我不說話。

「你真憋得住，是嗎？」

「我的客戶付我錢，叫我得到消息，不是送出去。」

「你客戶是什麼人？」

我向他笑笑。

他低聲，幾乎向他自己說：「我在想，依蓮是不是要比我們想像中聰明？」

我還是不說話。

「假如依蓮想找任何麻煩，」他說，兩隻眼睛越想越瞇：「那對她就太糟了。她什麼好處也得不到。別弄錯了，賴先生，我已經接收這個地方了，這件事已成定局了。這個地方沒有半個字可以證明和彭喬篪有關聯的。沒有任何人能指出這不是我的地方，不是我出錢造的。也沒有辦法可能把這裡的專業弄給喬篪的寡婦。她鬧也鬧不出名堂。」

他等了一下，又說：「我很想知道你是不是替她工作的。」

有一個小燈在閃，張赫德打開一個開關。他對我說：「我們可以聽聽你朋友會不會說什麼。不過那邊聽不到我們聲音的。」

幾乎立即一個聲音傳過來：「好吧，朋友，你說吧，你是什麼人？」

「我姓貝，我不要到這裡面來。我要告你們。你不能這樣對我，這是綁票。」

「姓貝嗯……幹什麼的？」

「不關你事。」

「我們看看你駕照。」

一陣混亂聲，另一個聲音道：「有了，在這裡，貝木欽，這是他社會工作卡。」

「工作地點在哪裡？」

「一個遊艇俱樂部。」

「老天，我知道了。」張赫德自椅子裡跳起來說，好像椅子突然觸電一樣。他走過房間，一下把門打開，像子彈一樣衝出門去。我站起來，看向桌面。他把左輪槍帶去了。

我很快的把他桌子每個抽屜搜索一下。沒有其他的槍在這裡。有一盒點三八子彈，一支菸斗，一個菸絲袋，一筒菸絲。有兩包香菸，一盒雪茄，一些口香糖，一瓶鋼筆用墨水。

除了那支點三八手槍，這張桌子隨時可以歡迎警察來搜查。

突然，我聽到張赫德在另外一個房間，自麥克風傳來的聲音。「這裡發生什麼事？」他說。

貝木欽的聲音道：「我被他們綁來的，你是誰？」

「綁票！」張赫德喊道。

「我就是這樣說的。這傢伙硬要我隨他進來，他口袋裡有槍。」

張說：「皮爾，怎麼回事。」

皮爾的聲音說：「哪有什麼槍。開玩笑的，我把手放在口袋裡嚇他的。」

「但是，這是為什麼？」張問道。

「沒問題，只是這傢伙坐在我們門前，看著每一個進出的人。我認為他是想搶我們。也許哪隻肥羊要走出去，他就搶他一下。」

「那是很嚴重的，」張說：「我們把他送警吧。」

「你們瘋了。」貝木欽吼道，但是他聲音聽得出他怕了：「你們有什麼證據。我是別人出錢請我來指認一個人的。」

「什麼人？」

「我不知道，但是我認出了孔賀蘭先生。那個人把我留在原地，他自己進來了。」

張赫德突然噴飯地笑出聲來，他用友善的聲音道：「喔，那一定是賴唐諾，你上當了。」

「就是他。」貝說：「他姓賴。他說他要進去，要是一個小時不出來，叫我要去告訴他朋友。」

張笑著說：「抱歉抱歉，他一再叫我，要我告訴你，我沒想到——他說你是他的司機。」

「他說什麼？」

「賴已經找到他要找的人，兩個人後門走了，本來他以為那個人會有麻煩的，所以要你找他朋友，但是他沒意思找麻煩，所以賴和他走了。賴好像是個私家偵探，我不知道你曉不曉得。我認識賴有十年了，他沒問題，你放心。」

「孔先生有什麼麻煩？」

「孔先生哪會有麻煩，他是幫賴先生的。孔先生要指給賴看他要找的人。我應該早通知你的，但是我太忙了。賴要我告訴你，可以把車子開回遊艇俱樂部，或是你可以叫計程車回去，隨你。他留了五塊錢在這裡，給你算車錢，他走了二十分鐘了。」

「我開他車回俱樂部，還有沒有這五塊錢？」貝問。

我知道我要倒大楣了。再等下去聽，不會有幫助了。我開始看自己四周，一定要找路出去才行。

我在辦公桌上找有沒有隱藏著可以開外面門的暗鈕，我努力的想，張赫德跑過這辦公室之前做了些什麼動作。

突然門打開，我感到我是壓到了正確的按鈕了。正跑了一半想經過辦公室，我發現門是外面進來的人打開的。

皮爾自門裡進來，顯然是張赫德遣他來的。

皮爾向我笑笑，他說：「坐下來，賴。」

我想衝過去，在門尚未關住之前擠出去。

皮爾伸出一隻手，抓住我衣領，又抓住我疼痛著的手腕，他說：「坐下，賴。」

我用足全身力氣，一拳擊向他的胃部。這突來的意外使他彎下腰來，我再給他下巴來上一拳，確保我有多一點時間。我在門快要關住的時候，伸了一隻手進去，把門推大一些。

皮爾向我衝過來，我已經在接待室了，兜著圈子，皮爾猛追我。

門被打開。

皮爾大叫，要提出警告。我把自己衝向才開啟的門，這時張赫德正一腳想跨進來。我衝上他的身體，有如在玩橄欖球。

我的動作能把他連根剷起，但他的反彈力把我留在原地一秒鐘，皮爾的長手正好趕上。

他的長手指抓住我背上的領子。什麼東西敲上我頭的一側，一陣黑潮自胃部冒上來。胃裡面苦苦的直要嘔吐。我的雙膝軟了下來。

我希望找個東西扶一下，身體回不過來，倒把頭甩了過來。

我看到皮爾一眼，他的手高舉著，一根短棒在他手中，短棒一端的皮帶捋在他手腕上。他臉上沒有表情。甚至還有些厭煩。

然後他的手斬下。

在我腦子裡有一下閃光，前面的地板向我升上來。

第十七章 聖誕老人

我重獲知覺時，根本不知道是什麼時候了。只知道自己躺在一張廉價的床上。暗暗的房間裡，除了這張床外有一張椅子、一個抽屜櫃、一個洗臉架和衣櫃。這些傢俱看樣子都是從廉價市場購來，和賭場裡這些人造豪華，窮奢極侈完全湊不到一塊去——但是在潛意識裡，我知道我仍是在賭場這幢房子裡。

皮爾坐在椅子上，正在閱讀一份所謂真實偵探故事一類的雜誌。椅子上面是房間裡唯一的一盞燈，自天花板用一條綠色的花線吊下，燈罩已很髒，燈泡也沾滿油污。

我移動一下頭部，整個房間都在轉動，好像我是在大海裡一艘小船的艙房內。

我真的受傷了。

皮爾翻動雜誌的一頁，為安全計向我看一眼，見到我雙眼張開了，把一隻厚厚的食指插在雜誌裡以免翻亂了，把雜誌拿手裡，笑笑道：「好一點沒有，老兄？」

「差極了。」

「等一下會舒服一點。」

他站起來，自抽屜裡拿出一個小瓶，把瓶蓋旋掉，把瓶子湊在我鼻子上。是嗅鹽，使我清醒了不少。

「慢慢來，」皮爾同情地說：「不要太急，你傷得不重。堅強起來，過一天就好了。」

漸漸的，腦子裡動脈衝擊聲減小了。房間轉動也停住了，我的頭木木麻麻的變成固定的頭痛，然後頭痛集中在我右面的耳朵旁，像是水在沸騰。

「怎麼回事？」我問。

皮爾看了幾頁雜誌，有興趣得捨不得放下，然後看向我說：「我不應該對你說的。」

「他們要你幹什麼？」

「把你留在這裡。」

我說：「假如我起床想要出去的話，你就不好玩了，你要知道。」

「為什麼？」

「你就變綁票了。」

他笑笑道：「省省吧，老兄。」

我勉強把自己從床上坐起。

皮爾有趣地看我。

我慢慢起床。

皮爾把雜誌放下。「賴，你給我聽著，」他說：「你人不錯，但是你找錯了一個主，你不該到這裡搗蛋，你知道會有麻煩的。」

「張赫德準備把我如何處理？」我問。

我想他自己還沒有決定。

「他總有一天要讓我走的吧？」

皮爾臉上笑容消失：「別那麼肯定，你知道他太少。」

「什麼？」

「我對你說過我不該講話的，」他說：「現在你給我閉嘴，讓我看書，我不會回答你任何問題，你講了白講。」

「你是替張工作的吧？」

「嗯。」

「喜歡這工作嗎？」

「過得去。」

「忠心對僱主是應該的，」我說：「但是自己保護自己才是生存的條件。你該為自己想想了。」

他不愉快地笑了一下說：「看什麼人在說話，你才是要為自己想一想的人。你到我們這地方來之前，就該先多為自己想一想。」

我說：「你真以為我會笨到進你這裡來，而自己不知道自己在幹什麼？」

我看到這句話引起他興趣來了。他說：「他們說你會儘可能擺各種烏龍的。」

我說：「別自己安慰自己了。你知道他們在背後搞了多少鬼。蓋蓋文想搶這裡的地盤。蓋仔活該要吃衛生丸，只是差去請他吃衛生丸的太不小心了，事情辦得不俐落，衛生丸沒送到正確的位置。」

「現在蓋蓋文出院了，他本人來了舊金山。你認為他來這裡幹什麼的？」

皮爾把雜誌合攏。

我說：「這個場子真正的主人是彭喬篪。張赫德只是他的出面人，替他管帳，處理數字。

「夏茉莉本是彭喬篪的女朋友。彭喬篪愛上了脫衣舞孃依蓮之後，把他太太休了，也和夏茉莉斷了。他是把太太和情婦同時拋掉了，和依蓮正式結婚，可見他對依蓮的迷戀了。茉莉馬上搭上了蓋仔，但她心裡還是愛彭喬篪的。

「茉莉跟了蓋仔，大家都知道她是蓋仔的人。有人要請蓋仔走路。茉莉完全見到了。茉莉沒有受傷，沒有子彈是直接對她而發的，她也閉嘴不說話，為什麼？」

我看到這下輪到皮爾在想了。

「可能，」我說：「拿槍的人是茉莉心愛的人。那個人也很喜歡她，不願見到她受到傷害。那個人也知道她很愛他，不會把他是兇手的事公開出來的。

「但是蓋仔痊癒起來了，蓋仔是知道什麼人槍殺他的。蓋仔決定來舊金山，扳回這個面子。

「茉莉要警告她的朋友。她要確定，下次一定要致蓋仔於死地。你仔細想想，蓋仔放了不少人伴她進出，名義上是保護她。你仔細想想，她失蹤那一天是故意逃掉這些保鑣的。

「她假裝要散心，隨便找了個萍水相逢的男人——我自己調查過，其實他是個開飛機的。茉莉和他一起離開，但是他們沒有談情說愛，他們直接去了飛機場。這傢伙有架飛機把她直接送到舊金山以北一個機場，彭喬篪在那裡等她。兩個人見面研究，主要的討論是怎樣把蓋蓋文送上西天。

「有人也在那邊等候。有人認為假如彭喬篪會永別人間的話，他的世界會美麗得多。當然他自己要在做這件事的時候，有絕對的不在場證明。」

「蓋蓋文？」皮爾問。

我嗤之以鼻，嘲笑道：「蓋仔哪管那麼些麻煩事。你想想，彭喬篪死了什麼人得利最多？」

皮爾想了一下，不安地呆住了。「我不喜歡你說的話。」他說：「即使聽聽也使我不安心。」

「不聽才會引起麻煩。」我說：「你認為蓋仔是省油的燈呀？蓋蓋文本人現在在舊金山。張赫德耍了一招，是蠻好的，但是不該犯上謀殺罪。」

「彭喬篪是卞約翰殺的。」皮爾說。

我微笑搖頭道：「彭喬篪的屍體是被移上卞約翰的遊艇的。那是因為有人知道，一旦屍體在姓卞的遊艇上發現，別人除了會吃定姓卞的兒子之外，不會再作第二人想。偏偏姓卞的認為自己聰明。把屍體又偷偷遷上另外一條遊艇上去。他所不知道的是彭喬篪是被他的槍殺死的，而且兇手有預謀的把他的槍，在他遊艇舷旁拋進了海裡。卞家的人想不到這一點，所以沒有下水去看一下。但是警方是專家，他們第一眼就想到了，所以就派潛水員帶了水底金屬探測儀，下水十五分鐘內就找到了槍。這些情節蓋蓋文都瞭如指掌了，你認為他會怎麼辦？」

「你怎麼知道蓋蓋文知道了？」

我向他露齒一笑：「你還不知道什麼人在僱用我呀？」

皮爾自椅中坐直。他仔細看看我，吹了一下口哨。

他把手裡的雜誌拋在破破爛爛的桌子上，說道：「賴，你想怎麼辦？假如我放你走，蓋仔還幫不上我之前，張就會把我殺了。」

我說：「讓我通個電話。」

「那不太好吧。」

我說：「很多事已經不太好了。千萬別以為蓋仔不知道這裡出了什麼事了。你做掉我，你能活到下一個生日的機會是一百萬分之一。我根本不在乎你下一個生日是後天，還是大後天。」

皮爾兩條眉毛蹙成一條直線。

我說：「警方也隨時會找到帶茉莉來這裡的飛行員，說不定已經在路——」

「不要說了。」他衝口而出：「讓我想一想。你要真像我想像那麼聰明，你給我靜五分鐘。」

我舒服地靠回床上去。把枕頭墊在背上，把頭頸儘量後仰，使我好受了很多。

不到五分鐘，甚而不到兩分鐘，皮爾說：「走廊底上有一具電話。老天，你千萬別給別人看到，也千萬別弄出太大聲音。」

我從床上起來。皮爾抓住我手，使我穩定。

「有零錢嗎？」皮爾問。

我把手插入褲子口袋，拿出一把硬幣。「有。」我說。

「好了。」皮爾告訴我：「靠你自己了。假如有人發現你，我就會一拳打斷你肋骨，說你想逃走。」

他把門打開，上下看看走廊，向我點點頭。

我輕輕的步下走廊，來到公用電話，關上門打電話到蓋蓋文所在的旅社。想想假如要用電話簿找電話號碼，就使我胃部打結，我沒有時間可以浪費。

我有個習慣，在一件案子沒結束前，所有有關這件案子的資料都強記在心裡，我記得旅社電話號碼，我投下一個硬幣，撥號。

旅社有回音時，我說：「接葛可本——謝謝。」

我聽到她在把電話接通房間，期望蓋蓋文正好在旅社，而且願意聽我電話。

我頭在痛，腳在抖，心裡在禱告，希望蓋蓋文正好在旅社沒有外出。

聽電話的顯然是把我趕出來的那個保鏢。

「要蓋仔聽電話。」我說。

「你是誰？」

「是聖誕老人，」我說：「今天是聖誕節，叫蓋仔聽電話，我可只給你們一個機會。」

我聽到電話對面說：「白痴說他是聖誕老人，要派司消息給你。要和這呆子說話嗎？」

我聽蓋仔咕嚕了什麼，保鏢說：「省點力氣吧。」

我說：「我是賴唐諾，記得嗎？私家偵探，不久前被你趕出門過的。」

「喔，」他說。

我說：「我把調查工作做完了。我告訴過蓋仔可能對他幫些忙的。我現在有能力了。」

「憑什麼？」

「給他些我調查得來的資料。」

「我們對你調查來的一點興趣也沒有。我們要知道的都知道了。」

「你以為你知道了。」我說：「你該知道我知道的，然後你會知道什麼人殺了夏茉莉，和為什麼。你問問蓋仔，他有沒有興趣。」

這次我什麼也聽不到。保鑣顯然摀住了話筒在說話，然後我就一直等著，總機在此期間問了一次我是不是在等人，然後蓋蓋文小心的聲音說道：「有什麼要說的，說吧，不要說想像中的事，把事實說出來。」

「我對你說過我也許幫你忙。」我說：「所以我——」

「少說廢話，把事實說出來。」

我說：「你認識茉莉也有一年了。在這段時間中，你有見她喝醉酒隨便找陌生人嗎？她生氣而從保鏢手裡溜走完全是種做作，和她一起出走的是個飛行員，他把她帶來了舊金山。」

「再笨的人也猜得到這一點。」他說：「現在她死了。」

我說：「好吧，她的出走是自願的，是自由意識的，是為了一件她不敢告訴你的事，也是不敢被保鏢見到的事。這件事就是她要去和彭喬篪幽會。」

「就這樣？」蓋仔問。

「彭喬篪開槍打你的。」我說。

電話另一端沒有出聲。

「茉莉也參與對你不利的。」我說。

「你說了不少，」蓋仔說。

「你要事實，這就是事實。」

「你有證明嗎——關於茉莉？」

「當然。」

「好，」蓋仔催促道：「快說。」

我說：「殺掉彭喬篪和夏茉莉兩人的是張赫德。他想要接手『源發』。他知道把彭喬篪殺掉，另外還混進些謀殺，警方不敢讓你來爭這裡的地盤。」

「你現在在什麼地方？」

「目前，」我說：「張赫德捉住我，把我當成俘虜。我想他會把我包在水泥裡，拋下舊金山海灣，我希望你能想辦法在他——」

「你怎麼可能打電話的？」

我說：「我說服了看守我的人，說你可能會是這裡的新老闆。」

那邊又沉入了四五秒鐘的靜默，然後他說：「你是個天真的王八蛋。」

「我不是在和你談話嗎？」

「當然，你還沒死，」他說：「看守你的是皮爾嗎？」

我猶豫了一下，現在我瞭解了，為什麼皮爾那麼容易說服，肯讓我打電話給蓋仔。

「是的，」我說。

「好吧。」蓋仔說：「叫他來聽電話。」

我讓電話垂掛在電話線上，自己輕聲走回房間。

「你老闆叫你去聽電話。」我告訴皮爾。

他一聲不響站起來走出去。讓我一個人坐在床上。

我伸手把桌上皮爾留下的雜誌拿過來，皮爾回來的時候，我正沉醉於一篇所謂的真實探案。

「走，」皮爾說：「我們要出去了。」

我慢慢地自床上站起。

他好奇地看看我。

「你怎麼會知道我是蓋仔的人？」他問。

我沒有回答他這個問題。他沒有理會到我不對他講這些話，還能向誰講。當姓貝的把老實話講出來的時候，幸運之神早已背我而去，目前不過是補償我一點而已。

我儘量表現得很謙遜。

「你一定是個聰明的王八蛋。」皮爾說：「走，我們走。」

第十八章　破案把握

從我低級旅館裡，我打電話到警察總局，接通了石警長。

「是賴唐諾。」我說。

「他媽的，」他說：「你在哪裡，賴唐諾？」

我把旅館名字和地址告訴他。

「在那種地方幹什麼？」

「我在躲避呀！」

「躲什麼？」

「喔，我不要浪費你的時間。我想你是個忙人。你有幾個弟兄在找我，要帶我去見你。」

「你不必那麼為別人打算的，唐諾。我要見你，非常想見你。事實上我已經通知出去，只要見到你，不論在這裡或是洛杉磯你自己辦公室裡，一定立即有人把你帶來見我。」

「我也很想見你，警官。」

「現在行嗎？」

「我有你要的一切消息。」我說。

「什麼消息？」他懷疑地問。

「有關撞人逃逸那個駕駛。」

「喔——喔。」他說。

「而且，」我告訴他：「我可以告訴你彭喬篪謀殺案的一切。你可以把兩件案子都破了。你來看我的時候要換上新制服，而且最好一個人來。」

「為什麼？」

「新聞記者要照相。」

「賴，」他說：「有不少地方我滿喜歡你的，但是你有個大缺點。」

「什麼呀？」

「你搞不清楚地理位置。你以為這裡是洛杉磯。」

「不，我知道這裡不是。」

「你認為你在洛杉磯做房地產買賣的本領，到舊金山來可以和警察局打交道。」

「洛杉磯做房地產和這事有什麼關聯？」

「打高空，買空賣空。」

「你錯了，」我告訴他：「真價實貨。」我把電話掛斷。

我等候沒有超過十分鐘。他沒有穿新制服來，但是他顧慮到了宣傳，他一個人來了。

我說：「說到那件撞人逃逸的案子——」

「喔，是的。」

「我一定要保密我消息的來源。」

「唐諾，我不喜歡這樣。」

「但是，」我說：「假如當事人認罪了，你就不需要知道誰給你的消息。」

「他不認罪呢？」

我說：「我們現在去，去看他認不認罪，之後，我再告訴你彭喬篪謀殺案的一切。」

「我們去哪裡？」

我把陸好佛的地址告訴了他。

「賴，你要知道，假如你是在逗著我玩的，你會倒楣。我有足夠的證據可以給你一個勒索罪，你知道嗎？」

我說：「是我打電話給你的，是嗎？」

「是的。」

「是我告訴你，我在哪裡，叫你來的，是嗎？」

「是的。」

「我那麼笨？」

「不會，你一點也不笨，但是我老上你們洛杉磯人的當。」

我什麼也不說，我知道最好不要說話。

我們用警車超速前進。

「彭喬箎的案子如何？」過了一下，他問。

我說：「把陸好佛的事處理好再說。假如正中紅心，你才有心情聽我解釋，假如虛驚一場，反正我說什麼你也聽不進去，先說了沒用。」

「唐諾，」他說：「我們此行要是沒有結果，你也不會有機會說話了。」

我們趕到陸公館，陸好佛已經上床了。

正中紅心。

陸好佛，多肉，過重的退休掮客，看到石警官的警章抖得像秋風掃落葉。石警官還沒問五六個問題，他就自己承認了一切。

甚至我們都不必找到他用的車來確定一下車子有沒有撞過人，因為他本身已經憋得太久，一直想自首，早吐為快。

他參加一個商業聚會，喝了四五杯酒。一位同仁把他女秘書帶來做記錄，陸好佛說是要送她回家。

他們停車又喝了幾杯雞尾酒，陸好佛看那女秘書越看越順眼。她對自己目前職位不滿意，知道陸好佛仍控制不少有利事業，也就對起眼來。

陸好佛自己沒有提起這一個方向的事。但是我們看得出，一個初遇的少女，會對他好，除了鈔票之外，還會有什麼？

陸好佛從酒吧出來，在送女的回家的路上，雞尾酒和開會時喝下去的酒都發揮了作用，他突然忘記自己年齡、身材，還幻想出了自己的自信心。女的也就樂意聽他胡扯，沒拒絕他的蠢行。

這就是他的故事。

陸好佛為了要保持自己的聲名，他見到有可能溜掉，第一個想到的就是溜掉，但自此之後，他一直怕得要命。

他是一個有一點地位的人，參加了很多有實力的俱樂部。這件事會引起醜聞和其他影響，石警官決定要把他組長請來處理。所以他把組長從床上叫了起來。

新聞記者來了，拍了組長和石警官拿放大鏡檢查陸好佛汽車的樣子。他們也拍了陸太太抱住她先生脖子，聲稱這件事是個可原諒的誤會，她要攜手和先生共同渡過這一陣的一切難關。

石警官和組長給了記者一個非常漂亮的情節。他們對這件案子用的完全是歸納法，他們曾偷偷檢查過陸好佛的車子，陸好佛根本想都沒想到他們會懷疑他，其實警方已盯上他三四天了。這就是警察做事的方法，平靜、有效，但絕對精確。

故事很成功。

沒有人把我介紹給記者。

照相都照完後，組長和石警官開車送我一起回警察總局。

我們進大門的時候，石警官用一隻手抱著我的肩。我們變成了莫逆。他說在舊金山我絕不要擔心汽車吃罰單。

我們進入組長的辦公室。

石警官說：「組長，我還沒有機會向你介紹賴唐諾。」

「陸好佛的案子是他給你的秘密消息？」組長問。

石警官譴責地看向他道：「哪會有這事？那件事是我自己辦的。但是我找賴唐諾已經找了有一段時間了。」

「為什麼，警官？」

「我認為他對彭喬箎的謀殺案知道一些事實。」

組長吹了一聲口哨。

「請容我把他帶去我自己辦公室，組長。不知你肯不肯在這裡再等一會兒？」

「可以，可以。」組長說：「要不要我去陪你們？」

「我想假如只有我和賴唐諾兩個人交換一點既知的消息會有用一些。我不在乎告訴你，組長，對這件案子我已經有破案的把握了。甚至我現在就可以出去伸手捉兇手了。」

「到底是什麼人？」

石警官搖搖頭。「賴唐諾知道一兩件事可以證實我的想法，至少我想他是知道的。你給我半小時，讓我私下和他談談，然後我會把全部故事告訴你。到時我希望還要給你證明。」

組長說：「你有了證據直接過來見我，警官。千萬別跟別人去談。你去和賴好好談，談完就來見我，懂嗎？」

石警官直接看向他的眼睛。「當然，我懂，組長。」

「你工作很努力。」組長說：「正是我喜歡的警官。你認為我等半小時就夠了？」

「是，大概半小時。」

「局長對這事一定很有興趣。」組長說。

石警官點點頭，站起來扶住我手臂。「來吧，唐諾。」他說：「我認為你有些消息可以幫助我。也許你自己還不知道對我有用，但是我對發生的一切事，已經有了極好的推理了。假如我能從你那邊得到一兩點證實，我就能把一切連起來，順利破案了。組長，我們就回來。」

第十九章　好故事

我對石警官說：「我們必須把卞約翰．卡文找來這裡。」

「這個小的？」

「不是，那個老的。」

他說：「他們請了一個高價的律師。他已經警告他們，任何情況下都不要開口，而——」

「我們必須把他找來這裡。」

他看看我說：「唐諾，你要知道，這件事我把自己腦袋伸出來太多了。等一下萬一我對組長說『沒這回事』——那對我會非常不利，當然，對你就太不利、太不利了。」

我說：「警官，你只有半個小時。我至少已經盡了我的能力了。你至少也已經有了一個很好的故事明天可以見報了。」

「這已經是定局的事了，但是彭喬篪的事重要。」

「這就要看你對我有多大信心了。」

他拿起電話，撥內線對講電話道：「把卞約翰．卡文帶到我這裡來——老的一個。是的，快一點。你管他律師怎麼說，把他帶進來，快，要快，把他弄醒好了！」

他掛斷電話。

「我還是要先知道一些你的理論，唐諾。」他說。

我說：「你且聽我要對卞約翰說些什麼。你準備一個速記員，可以把自白記下來。」

「唐諾，」他說：「假如你能把這件事解開了，那真是了不起。」

「不騙你，有可能。」

「你說是卞約翰幹的？」

我說：「你們兇殺組不是早把他扣死了？」

「讓他自己承認，我臉上就有光彩。」

我說：「警官，臉上光彩有什麼稀奇，我要給你弄個獎章，使你全身有光彩。姓卞的根本和謀殺無關。」

石警官真的有興趣了。「來支雪茄。唐諾。」他說：「這些是好雪茄。」

十分鐘後，卞約翰．卡文被帶到了辦公室，他的嘴唇堅決地合成一條橫線。但是眼色無神，有如有人把燈光熄滅了，但他仍很鎮定，很硬朗。

他看到我像貴賓似的坐在辦公室裡，感到十分驚奇，然後他對石警官道：「我的律師指示我，除非他在場，他叫我開口，否則不要回答任何人，任何問題。」

他坐下。

我說：「卞先生，我認為我們有機會把這件事澄清。」

他看向我，又背誦道：「我的律師指示我，除非他在場，他叫我開口，否則不要回答任何人，任何問題。」

我說：「你用不著回答問題。」

「律師也叫我不要開口討論任何事件。」

「我也不要你開口。」我說：「你只要用耳朵聽，就可以了。」

他把嘴閉緊，把雙目閉緊，作入定狀，好像要把這房間裡的一切置之事外。

我對石警官說：「警官，我來告訴你發生了什麼。彭喬篪是『源發』的真正老闆，正式場合和你講『源發』，你當然會否認有這種地方存在，但是事實上你知道是什麼。」

石警官說：「我以為一個姓張的——」

「張是彭喬篪開始辦源發時的管帳人。」我說：「後來他瞭解了內情，自己進來分一杯羹。

「彭喬篪自己裝成一個做礦的。他不願意不付所得稅，因為他自己要花費，所以他假裝他的收入全由開礦而來。所以他辦了很多傀儡的礦業公司，開了很多假想的礦，把礦石運到自己熔煉廠去，從熔煉廠拿支票，等等假戲。假如有人進行調查，當然把戲會戳穿，但是沒有人會去調查，因為沒有人吃虧，而且帳冊在表面上都做得好好的。誰會想到熔煉廠肯付普通石頭金礦價格呢？而且始終有一個礦，是以『源發』為名的。」

「說下去。」石警官說。

我說：「彭喬篪在搞這個賭場之前，他曾做一些勒索的勾當。我不知道除了這位卞老先生的兒子外，他有沒有勒索過別人，但是他對卞先生的兒子可是予取予求。我不知道彭喬篪握有他什麼把柄，這一點我尚未去查，不過等我們把這裡一切澄清後，卞先生自會向我們說明的。」

石警官疑問地看向卞約翰。

卞約翰坐在那裡，雙目緊閉，雙手緊握，兩片嘴唇緊緊合在一起，好像怕不小心會不自覺的漏出一句話來。他的臉色有如濕的水泥。

我說：「彭喬篪有了『源發』，哪裡會再在乎小小的敲詐？但是你記住，彭喬篪有小卞約翰的把柄在手。張可能也知道，只是不知道是什麼把柄。」

「反正，張漸漸的對彭的事業插手越來越多，彭不喜歡張這樣做。彭也有些顧忌張了，彭希望能另外找一個傀儡來代替張的位置，而且要把張的嘴封起來，張的動作也快，二個人在暗中鬥法，表面上維持著友誼。」

「蓋蓋文也出來湊熱鬧，想佔有這地盤，有人請他吃槍彈，只是準頭差了一點，沒能打死他。」

「知道什麼人開的槍嗎？」石警官問。

「當然，是彭喬篪。他自以為一勞永逸了。但是當他吃早餐時知道了蓋仔會復原，他幾乎昏了過去。他的寡婦告訴我的。」

警官點點頭：「說下去，賴。」

我說：「彭喬篪和夏茉莉是老朋友了。張赫德把夏茉莉介紹給蓋蓋文。彭喬篪和脫衣舞孃結婚，夏茉莉跟上了蓋仔。茉莉和喬篪暗中來往。

「彭喬篪和蓋蓋文終於因為地盤而發生衝突。彭喬篪要除去蓋蓋文，但是他是個大外行，他是賭徒，是勒索者，但不是殺手，工作做得不徹底。

一次。」

「彭喬篪驚知蓋蓋文沒有死，決心一定要在對方動手整他之前先下手再做

「說下去。」警官道。

我說：「彭要茉莉參與其事使事情能成功，所以安排好茉莉假裝喝了點酒，對一位年輕人有興趣一起離開。那位年輕人是個飛行員，雖是彭喬篪所僱用，但實際上是張的人。一定是這樣的，沒有其他方式解釋得通。張知道彭一定會有所行動，他決定予彭最嚴重一擊，把他消除掉，他也知道賭場不可能列入遺產的，誰把持著，就是誰的。」

「好，把飛行員的事說一說。」他說。

「飛行員依彭喬篪命令工作，但是向張赫德報告。那飛行員帶了夏茉莉，把她飛到舊金山北方一個機場，彭喬篪在那裡等。」

「彭沒有想到的是——張赫德也在等。」

「夏茉莉上了彭喬篪的車，張赫德進了後座。有兩支槍。槍殺茉莉的是自動手槍。我尚還未能調查到。殺死彭喬篪的槍是張預謀從卞約翰遊艇偷出來的。至於卞約翰船艙裡帶有人體組織的槍彈，則是張赫德故意留下的線索害人的。」

石警官搶著道：「你是說張在遊艇上又開了第二槍？」

「是的，目的就為了可以在艙裡發現子彈，一顆帶肉的子彈，當然是個大證據。」我說：「在這件事前，彭喬篪利用小卞的把柄在壓迫銀行家卞約翰——不是勒索他金錢，而是要他做一件不肯做的事。」

「什麼事？」石警官問。

我說：「你有沒有見過推銷員賣東西，一家一家的走，到頭來總有一家會買他點東西的。」

石警官說：「我不懂你說什麼。」

我說：「彭喬篪一直在開金礦，把石頭開出來，等於拋掉。最後一批開出來的，他用來填房子後面的低坑，要造網球場。那是意外的真金礦。純礦石值三百元一噸。不是好到看得到金子的顆粒，但用個淘金盤試一下你會大大吃驚，我試過。」

石警官把這件事仔細想想。

我給他一些時間，又說道：「彭喬篪控制了大部分股權。還是有一部分賣給了大眾。股票大部分都抵押在銀行裡。

「彭喬篪的工作方式是一貫的。他得到允許可以出賣股票後，賣出去的只是小部分，所有股票押在銀行裡借錢開礦。不到一年，一批專家調查礦源給公司一個報告，說是礦源不足，不值繼續開發。專家是真的。

「自然股票持有人急著要把本錢拿回來，他們就把股票收回來。等大家忘了還有這個礦的時候，從熔煉廠有支票開始出來，進入源發獨資公司的帳。源發是永遠存在的。沒有一位稅務人員，會再深一步調查，即使有人真在查，彭喬篪的每一分錢倒真是付過所得稅的，雖然這個源發不是那個源發，漏稅倒是沒有的。別人一定要把那個源發算是礦業公司，不是他的錯。」

「好，就算他真挖到金礦了。怎麼樣？」

「挖是挖到了，但是這次不同，股票有不少在外面來不及收回來。而且這下不可能有專家會替他做報告，說礦石不值得開發。

「彭喬篪要把所有股票收回來，他想出的價錢當然不是目前真正價值。所以他威脅卞先生要他銀行控訴礦業公司，為了他自己簽的一張支票。卞先生知道這其中有詐，他不肯做，但是彭喬篪有卞先生兒子的把柄。他用這一點，一定要卞約翰辦到。

「張赫德也知道內幕，當他決定謀殺彭的時候，早已設計把這件事套在卞家的身上。因為警方找不到更好的疑犯，他們遲早會想到這是張赫德幹的。

「孔賀蘭這個人，我對他不認識。只知他也是遊艇俱樂部會員之一。我想他是有經濟困難吧。反正他常去源發，也許陷進去不淺。張沒有報告彭，他要利用這一點讓孔賀蘭幫他自己忙。

「星期二的晚上，孔賀蘭報答了張對他的幫忙應盡的義務。他把他的遊艇借給張赫德。張赫德把彭喬篪屍體移上孔的船，把彭的汽車移向路側。飛機把茉莉的屍體帶下南方，使警方相信，殺蓋仔的人不要警方知道他是誰，所以殺人滅口。

「屍體掩埋的方法，就是希望有人會發現的——當然也不能太快被發現。

「但是彭喬篪的屍體是直接送到卞先生懷裡的，警方絕對不會想到是張幹的。

「遊艇俱樂部對什麼人進門，什麼人出門，登記得清清楚楚，但是他們對乘遊艇進來多少人，又乘遊艇出去多少人從不過問。他們認為這些人一定已經在大門登記。張用孔賀蘭的遊艇把彭喬篪的屍體運進來，等天黑了，他把卞家遊艇鎖弄開，把彭喬篪屍體移上『約翰小子』。然後他很聰明的把殺死彭的那把槍——也就是卞約翰的槍，自船舷抛下水裡去，他知道警方會在事後派人下水去撈兇器的。」

「故事很不錯。」石警官說。

我說：「張赫德原希望屍體能在一兩天後才被發現。但是卞氏父子正好有事去俱樂部，他們進門的時候看門的沒注意門口，大門口的警鈴又沒響。

「他們發現了彭喬篪的屍體，他們知道面對的是什麼。他們知道警方一調查，彭喬篪在敲詐他們的醜聞一定會爆出來，仍舊會被控是謀殺犯。所以他們急著要把證據消滅，他們做了件最外行、幼稚、拙劣的工作。第一個要除掉的當然是屍體，他們把它移到鄰近的一艘遊艇上，為了這原因，他必須把掛鎖弄壞。他們怕看門人會發現鎖壞了，他們只好買個新鎖。地毯上有血跡。他們把舊的地毯取下，換上了一塊新的。他們不知道，自己每走一步就更近煤氣室一步。」

石警官的臉色突然變得十分冷酷。

「唐諾！什麼人僱用你的？」

「卜約翰．卡文。」

「年長的？」

「年輕的一位。」

他說：「你這個狗娘養的。」語音中充滿了狠毒之意，使我回想白莎說起同一句話來簡直有如讚美。

「怎麼啦？」我問。

「把這樣一帖毒藥，試著要推銷給我。」他說：「你偵探到陸好佛撞人逃逸的案子，所以你認為我會相信你，你把我牽上了賊船，你竟賣給我這樣一個混帳故事。」

我說：「等一等，警官。」

「等什麼等，我對你已經失掉信心了，唐諾。你想在我面前要花樣，你這流氓，我要讓你知道，你——」

「你給我閉嘴，」我說：「不要老記得自己是個混蛋警察。你的組長在等你，這時候恐怕他已經打了個電話給局長，請局長等著，因為他有對彭喬篪的謀殺案的解答。現在，你要用些理智，還是故意裝糊塗？」

我把組長和局長抬出來，使他畏縮了氣燄。他自己知道，他已經陷進了非常不利的地位。

「唐諾，」他說，聲音裡充滿了憎恨，所以話說得又慢又輕：「像你這樣欺騙我，叫我不好做人，我會把你骨頭一根根打斷。」

我說：「你有一個辦法可以查對這故事真實性。你還有不到二十八分鐘可以好好利用。你可以把孔賀蘭帶進來——」

石警官跳起來撥電話，誰都不會相信兩個制服警察能那麼快跑進辦公室來。

他說：「把這兩個人看住在這裡，絕對不能讓任何人見到他們。再給你們說一句，不管天皇老子來也好。絕對不能讓別人見到這兩個人。絕對不准讓這兩個人和本局任何人講話。不准他們用電話。把他們完全和外界隔離。把他們留在這裡，但是要十分客氣，當他們是貴賓。」

石警官自己跑出辦公室去，像是超音速飛機在試飛。卞約翰張開兩眼看向我。慢慢地，他湊過來伸出手來和我握手。

他一句話也不說。

我說：「別告訴他們彭喬篪用什麼在勒索你兒子——」

「閉嘴，」一位警察說：「警官說你們不能和任何一個人講話。」

「但是，他沒說我們彼此不能講話呀。」

「我瞭解的可不是這樣。你們還是閉上嘴好。」

卞先生想說什麼，被他們止住。

我們兩個坐在那裡不說話。

這是長長的三十分鐘枯等，我至少看了五十次錶，但是卞先生只是面無表情地坐在那裡。

然後，石警官回辦公室來，他的臉像十歲小孩逢到聖誕節的早上。我看他一眼，心裡像大石落地似的輕鬆。

「唐諾，」他說：「把你的理論再說一遍，讓我弄弄清楚。組長和局長都在他們辦公室。」他回頭又向兩個警察道：「你們兩個傻蛋還在這裡幹什麼，可以出去了。」

兩個警察離開。

我為他又把我的推理說了一遍。

「你怎麼會發現孔賀蘭的？」他問。

「我知道遊艇俱樂部會員中，一定有一個人完全被『源發』的主人在控制著。這個人一定是個賭徒，而且陷得很深，不能不聽他們的話。」

「我只是簡單地請俱樂部的看門人在源發門外守著看。見到遊艇俱樂部的人往源發跑的，就錯不了。」

「我跟了他進去。見他並不在任何桌子上玩，當然知道他是在和經理閉了門密談，更堅定了我信心。」

「來支雪茄。」石警官對我說：「再拿一支。喔，卞先生你也來一支。我們非常抱歉，使你不便了，先生，但你會諒解的。你們兩位待在這裡，千萬別出去。門口暫時我會派警衛的。千萬別和別人談話，坐這裡就好。唐諾，你夠聰明的，我知道你不會開口。你替我看好卞先生不要講話、不要接見記者、不要用電話。我們會幫你們兩位的忙。」

石警官快快地撥電話，對方有回音時他說：「報告組長，我立即來，抱歉讓你等。只是因為一個小角度，我要查對一下，我立即過來。」

他小跑步走出辦公室。

我轉向卞約翰。「彭喬篪吃定你兒子的是什麼事？」我問。

他說：「說實話，我自己也是兩個星期前才知道。我認為最好不要討論這件事。」

「你最好告訴我。」

「我是絕對不會說的。」

我說：「你兒子是個高個子，四肢瘦長的人。」

他點點頭。

「在大學玩籃球嗎？」

「是的。」

「他是大學校隊？」

「是的。」

我說：「彭喬篪是一個賭徒，他也以大學球賽安排賭錢。」

銀行家的臉突然扭曲。他開始哭泣。一個堅強的大男人，從來不會有不能解決的問題，因為孩子的事，傷心到臉歪眉蹙。

我站起來，走到窗口，把背背向他。幾分鐘後，飲泣聲中止，我走回椅子去坐下來。

有好一段時間，兩個人什麼都沒有說。

過了一下，我說：「石警官要迫你，你就說你兒子有件醜聞，和女孩子有關。」

「動機不夠強呀。」卞說：「我也想到過這種推託。」

「告訴他，那女孩因為不法手術死亡了。」

卞先生想了一想，點點頭。「唐諾，」他說：「假如警方能相信你的說法，這件案子能翻案的話，你會得到非常好的報酬的——非常好的報酬。」

我實在跟白莎一起工作太久了，白莎的一套影響我太深，我兩眼深深地看住他的眼神，我說：「我們會期望著的，卞先生。我們不是吃西北風長大的，你知道。」

「你們不必。」他說。

要談的我們都談了。再也沒有什麼需要說的了。

我們坐在那裡等了又等。

過了兩個小時，一位警官進來，帶來了三明治和一壺咖啡。他說：「石警官要我轉告你們不要客氣，但是要你們不要說話。」

我們就享用咖啡和三明治。又一個小時後石警官回進來，把門帶上，把他椅子拉過，坐在卞先生旁邊。

「先生，」他說：「在舊金山你是一位要人。我們要你知道，警察瞭解你的重要性。我們對重要的市民儘可能給予方便的。」

「謝謝你。」卞約翰說。

「有一點——彭喬篪有你兒子什麼把柄，不知你能否告訴我們？」

「是個女人的事。」卞約翰說。

石警官向他微笑一下。

「女孩子開了個刀，死了。」

微笑自石警官臉上消失。他仔細的想了一下。

「好吧，卞先生。」他說：「假如你能和我們合作，我們可以不讓大家知道勒索的事。」

「假如你能使這件事不公開出去。」卞說：「我願做任何事——叫我做什麼都可以。」

「可以，」石警官說：「只有一件事，我們要你做。」

「什麼？」

「保護我們來保護你自己。」

「什麼意思？」

「什麼話都不要說。這些新聞記者是聰明人。你給他們一點點機會，他們就會打破砂鍋問到底。他們問你問題，查對你的答案。他們會把你逼——」

「你叫我不要和記者講話，是嗎？」卞先生插嘴說。

「為你好。」警官馬上解釋道：「你記住，我們在幫你忙。這是唯一我們可能不使勒索的事公開的方法。」

「我會閉住嘴巴的。」卞說。

「那樣才對。」石警官說：「你和警察合作，警察也會和你合作的。」

我轉向石警官說道：「警官，你也替我做件事，好嗎？」

「任何事，」他說：「唐諾，任何事都可以，舊金山是你的，整個混帳市區都是你的，只要說就可以了。」

我說：「你在給記者講話的時候，強調一下，彭喬篪這一次的礦真正的是開富了。」

他看向我，微笑。「你去高興吧，」他說：「這件事已經在趕印中了。開出豐富的金礦來，是好故事，大家有興趣看的，戲劇化的。我對太多記者說過，我的喉嚨都啞了。唐諾，這件事你不能出頭，你要在後台。你下一次，有任何案件在舊金山，你來找我，整個混帳的舊金山警察局都是你的後盾。你本來也是這種想法，是嗎？」

我點點頭。

他走過來，用手拍一下我肩頭，差點使我眼淚掉下來。

「唐諾，」他說：「你是個聰明人。你快要回去了。你在舊金山做的事都很對。在我看來，你沒有做過一件對自己有損害的事。你交到了朋友，在舊金山你要怎樣都可以——絕不是其他私家偵探能辦到的——尤其是洛杉磯來的私家偵探。」

他自己也笑了。

「我怎麼樣？」卞問道：「我的孩子怎麼樣？我們能自由——」

「喔！我忘了告訴你。」警官說：「我們這一下忙死了。我們把你的司機從床上叫了起來，卞先生。你的大房車現在在大門口等你回家。你上車的時候，會有很多記者，很多閃光燈照相。他們會問你很多問題。希望只回答『無可奉告』一句話。我們不希望他們詰問你。你想使勒索這件事不見報，一切最好由我來開口。」

「我本來也沒有什麼事要講的。」卞說。

石警官狂喜，安心地站起來，熱情的和他握手：「那就好，那就好。」

他把卞先生帶到辦公室門口，把門替他打開，自己扶著門，伸出一隻厚厚的手臂擋住我的出路。

他說：「你最好讓卞先生一個人出去，唐諾。他兒子會和他在車裡見面，他們會哄動不少記者。你出現在他們照片裡不太妥當。你知道為什麼。沒人知道你是什麼人，偵探工作容易做一點。」

「那就是我了。」我說：「我最討厭出名了。」

石警官對卞約翰說：「卞先生，你對這傢伙該好好付筆費用。你要知道，在這件案子中，他對警方很有幫助，對你的幫助自然不用多談了。」

「別擔心。」卞約翰說：「我又不是昨天生出來的。」

辦公室門閉上。

「有後門可以讓我走嗎？」我問石警官。

「唐諾，最愉快的事是和一個識趣的私家偵探合作辦案了。任何事，任何時間，我們可以幫你忙的話，告訴我們就好。來吧，我帶你出去。」

他偷偷把我從一個緊急出口送走的時候，天剛破曉。一輛警車把我載回旅社。

第二十章　舊金山帳戶

我走進辦公室。

我們的接待小姐抬頭上望，嚇了一跳，好像是見了鬼了，用一隻手指放在嘴唇上，叫我不要出聲。又用大拇指指指柯白莎辦公室的方向。

我面向她辦公桌，故意大聲地問：「怎麼啦，白莎又吃錯藥啦？」

「白莎要我們看到你立即通知她。」

「她講得那麼客氣嗎？」

「沒有。」

「她怎麼講？」

「白莎說：『這小王八蛋要是再敢把腦袋伸進這個辦公室，你通知我。我親自要把他擲出去，我們拆夥了。』」

「她真有意思。」我說：「通知她，告訴她我回來了。我在自己辦公室裡。」

我走向我辦公室門。

我私人辦公室門的玻璃上，本來有描金字寫著我的名字，此刻看到已被拙劣的手法，暴力地刮去了。我想一定是白莎隨手拿起最近手的刀片，幹的好事。

卜愛茜張大眼睛，不相信自己地看向我。「唐諾，」她說：「別進來！去找個律師，讓律師——喔，老天，唐諾，這下可要大亂了。」

我拿出一張憑票即付的支票，在愛茜面前一晃道：「我要還回你，你借給我的錢，愛茜。」

「沒關係，唐諾，那個沒關係。別讓白莎知道是我匯的錢。唐諾，這是什麼？這是一萬——唐諾，這是一萬三千元！」

「是呀。」

「憑票即付的支票。」她說。

「是呀，卞約翰銀行的。」

「但是——但這個——」

「我把你匯給我的錢投資在開礦的股票上。」我說：「擎天礦業開發公司。好像看得很準。我們一買進，它直線上漲，我又把它賣還給原來的礦業大集團公司了。」

「唐諾，你說我的三百五十元——唐諾，我不明白。」

「你不必明白。」我說：「把支票存進你銀行去，你就——」

突然，就像九級地震來襲整個大樓一樣，外辦公室一張椅子倒地，一張桌子被人一巴掌推出好幾呎，撞到辦公室隔間，我辦公室門幾乎自絞鏈斷裂，柯白莎站在門口，她雙眼冒火，聲音提高到不但我們辦公室都聽得到，連外面走道都有回音。

「你這個招搖撞騙，小不點的大混蛋！你竟還有膽子回來。你在這裡的地位像隻臭蟲在床上一樣。你一毛不值，小頭小腦，沒胸肌，沒屁股，猴子一樣，專門騙人的流氓——

「你不是自以為聰明的嗎？在我白莎好好的把五百元支票放進銀行之後，你跑到舊金山去！把你這個豆腐腦袋戳出去鬼混，把你的狗鼻子伸出來亂嗅，這下可好！你得到什麼？他們把那張支票止付了！你和你那張大嘴巴！你和你那個鬼腦袋！

「然後你使我們的客戶因為謀殺罪被捕。現在，我們在舊金山是敲詐犯。警察在找你。有命令見到你把你帶進去。想想看，要捉一個私家偵探——我的合夥人。我把你從水溝裡撿回來。我把你放這裡工作，又給你做合夥人。你為什麼——

老天，他奶奶的！」（上情見第一集《來勢洶洶》及第三集《黃金的秘密》。）

她轉身，自肩頭向我們管接電話的小姐喊叫道：「給我接警察局，告訴他們賴唐諾現在在這裡等他們來銬走他。告訴他們，我們偵探社的主要首腦現在回來了。正在等他們。」

她兩隻手叉在腰眼裡，兩個肘部儘量離開身軀，下巴戳出，猶如一隻牛頭狗。

我說：「白莎，這單子要你簽字。」我把一張卡紙自桌上推向她。

她根本沒看那張卡紙。「簽個屁，」她說：「除了給你在法庭上解決外，我什麼字都不簽。

「你也別以為會分到一分錢。你已經把我們公司名譽弄壞了，存下來的錢正好補償損失。我和我律師談過，他說我他媽真對。你去找個律師問問，你就會知道我沒說錯。

「你房間裡私人的東西，都清出來放在角落上紙盒子裡了。你可以滾了。」

我說：「你最好在這卡上簽個字，白莎。這是我們兩個人在舊金山新開的銀行戶頭。」

「兩個人的戶頭？你在幹什麼？開支票？混你的帳，唐諾，我要你坐牢。我在這裡止付了你簽字的支票，我把我們兩人在這裡的戶頭提空，全放進了我私人戶頭。我們散夥了。是我把你從溝裡拉起來，我要把你放回溝裡去。」

我說：「那沒有關係。我只好自己接收舊金山這個戶頭。你可以照你喜歡在這裡主持工作。你不必擔心法律問題。假如我們合夥事業已經拆夥了，我在舊金山賺的錢就是我個人的——」

「在舊金山賺的錢？」

「是呀。」

她一把攫住那張卡紙，看看道：「怎麼啦，這只是舊金山銀行開戶的簽名卡，戶頭的名字是『柯賴二氏私家偵探社』？」

「本來就是，」我說：「因為有一筆很大額的錢，所以我決定在舊金山開個戶頭也不賴，何況我們和舊金山警局處得非常好。他們說他們會把那邊生意都介紹給我們。任何我們的案子，牽涉到舊金山，他們當我們是市長親戚處理。」

「你在說什麼？」白莎問。

「你總不會不知道彭喬篪的案子偵破了吧？」

「偵破誰不知道。」她說：「別告訴我你和偵破有什麼關係。我看過報紙。亂七八糟，都是這些外行對警方沒有信心。而你湊進去把卞約翰一家拿來和稀泥，差點把老約翰的聲譽弄壞了。老天，要是他告我們，我們——」

「他不會，」我說：「他給了我五千元一張支票。」

「五千元？」

「沒錯，在之前，他還給我一些現鈔，一千五百元，算是補償我開支的。」

「他給了你一千五百元現鈔，算是開支的？」

「是呀。」

「奶奶的！」白莎敬畏地說。

「從你剛才宣告的說法，」我說：「這張支票好像是在我們拆夥後收到的。」

白莎眨著眼睫毛，突然問：「舊金山銀行裡有多少錢？」

我說：「我從卞約翰那裡收來的五千元辦案費在裡面。不過，他給我的開支費，我拿來投資在開礦的股票上。」

白莎已經是紫色的臉，這下變成了豬肝色了。「你把開支費，投——投資在股票上？為什麼？你豆腐腦子，小不點的混蛋。我把你——為什麼你？這是盜用公款。我要——報警！報警。我要親自告你。」她大聲叫喊著。

「之後，」我續續說下去道：「我又把股票賣掉了，得了一些小利潤。我們大概只賺了四萬元。我的掮客盡了全力地把市面上的遊動股幾乎都收來了。我們還有些長途電話費沒結清，大概也要幾百元，但是股票到底還是買到了。我們

——」

白莎的下巴垂下來，好像我用塊濕毛巾打了她臉一樣。「你——你——」

「當然，我剛才說小賺四萬元，那是付稅之前的說法。這玩意兒是要付所得稅的。我不敢把股票留在手裡等著分股息。這是一種投機股，要進出很快，脫手就算，不過我還保留了一些股沒有全部賣掉，怕萬一真是漲得太高，我們就坐著分紅。」

白莎把卡紙快快在桌子上鋪平，她從愛茜桌上搶過一支鋼筆，然後，突然她想起什麼，快步跑出我辦公室。

「你在幹什麼？」她向坐在接待桌子上的女孩大叫道：「把該死的電話放下來。」

白莎把自己的尊臀塞進一張椅子，把她的名字簽在銀行印好的簽名卡，我的簽字的上面。

「愛茜親愛的，」白莎說：「你把這個馬上用限時專送送去舊金山，馬上。送去這銀行。」

白莎向上看我，深吸一口氣，盛怒成紫色的嘴唇，掛上了笑容。

「唐諾親愛的，」她說：「你有的時候真是逗得白莎冒煙。你知道白莎容易生氣，你又偏偏有的時候不告訴她，你在幹什麼。你該和她保持聯絡的。唐諾，到我辦公室來，把這些事都詳細告訴我。愛茜，你去找個人趕工把唐諾的名字在中午之前漆回到這扇門上去，我本來嫌它漆得小了一點，不夠氣派。我要你自己動手，把唐諾的東西一件件搬出來，放回老地方去，要是唐諾有一點點不方便，我要你個人負完全責任。

「唐諾，等一下你需要休息，你日以繼夜為公司工作，白莎不知道你怎能吃得消的。

「你現在跟白莎去辦公室，好人。告訴我怎麼回事，來，我們走吧。」

愛茜自桌子上推過來一張明信片。「也許你要先看一下郵件，賴先生。」她說。

我把明信片拿起。是從哈瓦那來的航空明信片。明信片是寄給我個人的。上面說：

親愛的：好玩極了。希望你也在這裡。美麗。

「希望你也在這裡」這幾個字下面，重重的用筆劃了幾道。

柯白莎圍一條熱情的手臂在我肩上，「走吧，小混蛋。」她說：「告訴大白莎這四萬元錢的一切。你這個聰明，天才，小狗娘養的。」

相關精彩內容請見《新編賈氏妙探之14 女人等不及了》

新編賈氏妙探 之13 億萬富翁的岐途

作者：賈德諾
譯者：周辛南
發行人：陳曉林
出版所：風雲時代出版股份有限公司
地址：10576台北市民生東路五段178號7樓之3
電話：(02) 2756-0949
傳真：(02) 2765-3799
執行主編：劉宇青
美術設計：吳宗潔
業務總監：張瑋鳳

出版日期：2023年6月 新版一刷
版權授權：周辛南
ISBN：978-626-7303-00-9

風雲書網：http://www.eastbooks.com.tw
官方部落格：http://eastbooks.pixnet.net/blog
Facebook：http://www.facebook.com/h7560949
E-mail：h7560949@ms15.hinet.net
劃撥帳號：12043291
戶名：風雲時代出版股份有限公司

風雲發行所：33373桃園市龜山區公西村2鄰復興街304巷96號
電話：(03) 318-1378
傳真：(03) 318-1378
法律顧問：永然法律事務所 李永然律師
北辰著作權事務所 蕭雄淋律師

行政院新聞局局版台業字第3595號 營利事業統一編號22759935

定價：299元　　**版權所有　翻印必究**

國家圖書館出版品預行編目資料

新編賈氏妙探. 13, 億萬富翁的岐途 / 賈德諾(Erle Stanley Gardner)著；周辛南譯. -- 臺北市：風雲時代出版股份有限公司, 2023.04　面；　公分

譯自：Top of the heap
ISBN 978-626-7303-00-9 (平裝)

874.57　　112001896